Reisetraum(a) Vietnam
Backpacking statt Burnout

AF190919

Zu diesem Buch:

Der Autor, Thomas Haas, wurde 1969 im mittelfränkischen Feuchtwangen geboren und wuchs in diesem Örtchen auf. Er arbeitet erfolgreich im Außendienst. Bis dahin gibt es eigentlich nichts zu meckern. Ein gelungener Lebensweg. Aber nach fast 30 Jahren im Vertrieb benötigt er zur „Burn-Out-Prophylaxe" eine Auszeit in Form eines zweimonatigen Sabbaticals, davon fünf Wochen in Vietnam und Kambodscha.

Dieser Reiseroman von seiner Auszeit beruht auf wahren Begebenheiten und Begegnungen.

Thomas Haas

Reisetraum(a) Vietnam
Backpacking statt Burnout

Ein etwas anderer Reisebericht

1. Auflage

Impressum

Bibliografische Information der Deutschen
Nationalbibliothek:
Die Deutsche Nationalbibliothek verzeichnet diese
Publikation in der Deutschen Nationalbibliografie;
detaillierte bibliografische Daten sind im Internet über
http://dnb dnb.de abrufbar.

Herstellung und Verlag: BoD – Books on Demand,
Norderstedt

ISBN: 978-3-757-80839-6

Mein Reisetagebuch:
Backpacking mit dem Rollkoffer

Vorwort

Hallo, ich bin 53 Jahre alt, verheiratet, habe zwei erwachsene Kinder und bin erfolgreich im Job. Leider hat in letzter Zeit meine Kreativität gelitten. Diese war immer mein Erfolgsgarant. In meinem Hirn befand sich eine Nebelwand, die mich am Denken hinderte. Mindestens sechs Tassen Kaffee täglich brauchte ich, um zu funktionieren und um zu überleben. Wegen massiver Schmerzen der ausstrahlenden Halswirbelsäule ernährte ich mich nur noch von Ibuprofen und sonstigen Schmerzmitteln. Ohne meine tägliche Dosis Pantroprazol bekam ich meinen Magen nicht in den Griff. Bluthochdruck und zahlreiche weitere „Wehwehchen" gaben mir den Rest! Was tun? Weitermachen?
Fünf Wochen in die psychosomatische Klinik?

Nein! Ich habe keinen Bock auf bunte Bilder zu malen und deren Bedeutung in der Gruppe oder mit einem Therapeuten zu deuten. Meditatives Ausdruckstöpfern, Stuhlkreis am Morgen mit Wattebällchen werfen und die Erlebnisse vom Vortag teilen? Am besten noch im Schwarzwald. Allein das Wort „Schwarzwald" sorgt bei mir für Depressionen. Ich entschied mich lieber für eine zweimonatige Auszeit - ein Sabbatical!
Nachdem ich allen meine Entscheidung mitgeteilt habe, kam immer die Frage: Mit dem Rucksack?
Ich: „Nein, mit meinem alten Rollkoffer"!
Mit Ü-50 benötige ich wenigstens noch ein bisschen Reisekomfort!

Als die Entscheidung für die fünfwöchige Reise nach Vietnam gefallen war, begann unmittelbar die Entschleunigung.

Als erstes: Alle E-Mail-Newsletter deaktivieren.
Mir ist egal, wer mit mir auf LinkedIn befreundet sein möchte. Welcher Headhunter mich kontaktiert. Wer bei Xing Geburtstag hat und wer seine frisch lackierten Fußnägel auf Facebook teilt.

Erst jetzt wird mir bewusst, wieviel Zeit das ganze digitale Beiwerk täglich einnimmt.

Bereits mehrere Tage vor der Reise habe ich alle E-Mails an meinen Innendienst weitergeleitet und meinen geschäftlichen Mailaccount auf dem Smartphone gelöscht. Schon kurz danach merkte ich, was ich mittlerweile für ein Handysklave geworden bin. Aus Macht der Gewohnheit öffnete ich mehrmals pro Stunde die Mail-App, um nach eingehender Post zu gucken. Es hat Tage gedauert, bis ich mein Handy nur noch als Foto oder Uhr benutzte.

Der folgende Reisebericht ist nicht vollständig, dies würde den Rahmen sprengen. Man könnte beim Lesen zu dem Eindruck gelangen, dass es ein richtig beschissener Urlaub war. Dem ist nicht so. Er war super! Bereits während der Reise habe ich angefangen, besondere Momente und lustige Begegnungen zu notieren. Aber auch die negativen Erlebnisse.
Es sind genau diese Gedanken, die mir in diversen Situationen dazu in den Sinn gekommen sind. Und der Spaßfaktor in diesem Buch soll natürlich auch nicht zu kurz kommen.

Tag 1: Ankunft in Hanoi

Kurz nach der Landung und nach dem Einchecken im Hotel führen wir schon die ersten Erkundungstouren auf eigene Faust durch.

Hanoi - eine stinkende und hupende Stadt. Allein in Hanoi gibt es sieben Millionen Rollerzulassungen. Eines muss man den Vietnamesen lassen: Sie legen viel Wert auf Ihre Gesundheit. Alle, aber auch wirklich alle, fahren auf dem Roller mit einer Gesichtsmaske, um sich nicht mit dem stechenden Feinstaub die Lungen zu ruinieren. Aber warum tragen sie dann eigentlich keinen Helm? Falls doch vereinzelt jemand mal einen Helm trägt, handelt es sich um das Modell „Plastikschale" ohne jegliche Schutzfunktion. In Deutschland würde dieser nicht mal eine Zulassung als Fahrradhelm erhalten.

Unser erstes Ziel: die Trainstreet. Der Schnellzug fährt hier mehrmals täglich durch enge Häusergassen. Eine beliebte Touristenattraktion – jedenfalls in der Vergangenheit. Laut Google wurde die Trainstreet von der Regierung geschlossen, als im Jahr 2019 ein Tourist ums Leben kam. Aber wen stören in Vietnam Regeln und Verbote? Eine provisorische Absperrung soll Fußgänger von den Schienen fernhalten. Es hält sich aber keiner daran. Schnell sitzen wir direkt neben den Schienen in einem kleinen Café und warten auf den nächsten Zug. Als dieser sich durch lautes Hupen ankündigt, wird es hektisch. Die beiden Cafebetreiber drängen die Touristen ins Innere ihres Lokals. Gut so! Ohne die Geschwindigkeit zu reduzieren, rast der Zug an uns vorbei. Der Windsog reißt mir fast mein Handy aus der Hand.

Eine beeindruckende Erfahrung. Auch ich würde diese Straße sperren. Eigentlich ein Wunder, dass hier nicht mehr passiert!

Für die Rückfahrt ins Hotel entscheide ich mich gemeinsam mit meiner Frau Nicole für eine klassische Fahrradrikscha. Diese Fahrt wird zur gnadenlosen Irrfahrt quer durch Hanoi. Grund: Der achtzigjährige Fahrer kann unsere westliche Schrift auf dem Stadtplan nicht lesen und kennt ebenso wenig das Hotel. Vorab wurde noch der Preis mühevoll von 200.000 Dong auf 100.000 Dong (4 Euro) reduziert. Die arme Sau muss ziemlich schuften für sein Geld. Zwei übergewichtige Europäer 45 Minuten quer durch Hanoi zu fahren. Auch für uns ist dies bei dem chaotischen Verkehr die Hölle. Mir fällt jetzt gerade ein Zeitungsartikel aus der Fränkischen Landeszeitung ein, dass es in Vietnam weltweit die meisten Verkehrstoten gibt.

Kurz vor dem Ziel erkenne ich das Stadtviertel, in dem unser Hotel liegt. Wir steigen aus und gehen den Rest sicher zu Fuß.

Tag 2: Anreise Sa Pa

Alternativer Titel für das Kapitel: Nepal für Arme oder „The North Face Town"

Mit dem Bus geht es über 360 Kilometer in das 1.600 Meter hoch gelegene Örtchen Sa Pa im Hoàng Liên Sơn-Gebirge.

Bevor es richtig losgeht, fährt unser Bus quer durch Hanoi und sammelt an zahlreichen Hotels Touristen ein. Am letzten Hotel sind nur noch die beiden Sitze neben dem Fahrer in der ersten Reihe frei. Es steigt eine übergewichtige Inderin ein, die aussieht wie Miss Piggy, in Begleitung von ihrem Mann. Nennen wir ihn Rashid. Ich bin ein Kind der 80er und mit der Lindenstraße aufgewachsen. Dort gab es mal einen Rashid, der Schwiegersohn von Mutter Beimer. Seitdem heißt bei mir jeder männliche Inder „Rashid".

Zusammen mit zwei Tüten Lebensmitteln quetschen sie sich in die erste Sitzreihe. Ihre riesigen Puffärmel versperren mir die Sicht. Die Tüten mit ihrem monströsen Reiseproviant stellt sie zur Kühlung auf die Lüftungschlitze am Armaturenbrett. Nun ist meine Aussicht nach vorne total blockiert. Ihre erste Tat: das Fenster öffnen. Bereits nach kurzer Fahrt friert der ganze Bus. Die Temperaturen im vietnamesischen Hochland sind zu dieser Jahreszeit wie bei uns im März. Dies wussten wir leider nicht! Einer höflichen Aufforderung, das Fenster bitte zu schließen, kommt sie nicht nach. Ihre lautstarke Antwort: „I have a problem: I can't breath. I need oxygen!" Logisch, das wundert mich nicht, bei dieser Leibesfülle. Aber der energische, sehr herrische Ton und die negative Energie, mit der sie dies von sich gibt, lässt von nun an den ganzen Bus verstummen!

Durchgefroren wegen des teilweisen geöffneten Fensters machen wir nach zwei Stunden Fahrt die erste Pause an einem überteuerten und ungepflegten Touri-Abzock-Rasthof. Alles kostet für vietnamesische Verhältnisse eine wahnsinnige Kohle. Außer dem Toilettenbesuch, der ist gratis. Ahhh, kehrt meine Kreativität schon so früh zurück? Geschäftsidee für Vietnam: hat schon mal jemand über Sanifair nachgedacht? Von jedem Touri 10.000 Dong (ca. 40 Cent) und davon 8.000 Dong als Gutschein für Reiseproviant. Wie könnte ich dies nennen? „Vietnafair"?

Langsam kommt auch Miss Piggy und ihr Ehesklave von der Rast zurück. Rashid schleppt eine neue Tüte mit Reiseproviant an: Schokoriegel.

Rashid ist schon ein armes Würstchen. Er bekommt ihre lauthalsen Wutausbrüche volle Breitseite ab. Danach ist er ruhig und eingeschüchtert wie ein Schoßhündchen. So wie der gesamte Bus eben.

Die Anreise auf den letzten paar Kilometern ist die Hölle. Ich hatte mal auf Pro 7 eine Reportage über die gefährlichste Straße der Welt in Peru gesehen. Wir sind gerade gefühlt auf der zweitgefährlichsten unterwegs. Steile Serpentinen, zum Teil unbefestigt. Unser Kleinbus überholt Reisebusse und alles, was langsamer ist als wir. Entgegenkommende Fahrzeuge kratzen nahe am Abhang. Puls auf 160. Blutdruck auf 220. Wenn ich diese Fahrt überlebe, spende ich im nächsten Tempel einen angemessenen Geldbetrag.

Endlich kommen wir nach über sechs Stunden Busfahrt in dem hässlichen Ort Sa Pa an.

So stelle ich es mir in Nepal vor. Es ist abartig kalt und neblig. Frauen vom Stamme der Muong verkaufen direkt am Busbahnhof überteuerte, angeblich handgefertigte Stricksachen und handgefärbte Stoffe. Sicherlich ist dies alles maschinell produziert und direkt aus China importiert. Diese Stadt ist abartig dreckig. Die einheimischen Muong tragen daher Gummistiefel. Mit diesen werden sie sicherlich schon geboren. Ich denke, die Farbe der Gummistiefel hat eine Bedeutung. Es gibt diese hauptsächlich nur in grün und ein paar vereinzelte in lila. Zu den lila Stiefeln muss man sich hocharbeiten. Dies zeichnet höchstwahrscheinlich die Stammesältesten aus.

Kennt Ihr noch aus dem Film „Charly und die Schokoladenfabrik" die Oompa Loompas? Die Muong sind die menschlich gewordenen, weiblichen Oompa Loompas. Maximale Körpergröße: 1,50 m.

Beim Bummeln durch Sa Pa sieht man abwechselnd, in einem wiederholenden Raster folgende Gewerbe:

- Restaurants, die alles anbieten: Vietnamesisch, aber auch Pizza und Pasta.
- Hotels
- Läden, die randvoll mit den gefakten North Face Klamotten sind.
- und die Massagesalons.

Wahnsinn: ca. 20 leere Massagesessel in jedem vierten Gebäude. Davor ein oder zwei junge

Vietnamesinnen, die in einem aufdringlich und für mein Gehör in einer unangenehmen Frequenz „Massssaaaaa' Sir?" fragend rufen (die letzten Buchstaben verschlucken die Vietnamesen bekannterweise, wenn sie versuchen Englisch zu sprechen).

Ich hatte in einem unserer letzten Thailandurlaube schon mal die Geschäftsidee für T-Shirts mit dem Aufdruck: I need no Massage.

Diese Idee hatte ich schon verworfen, werde sie aber nach diesem Urlaub wahrscheinlich sofort wieder aufgreifen.

Wir verbringen den restlichen Abend damit, warme Klamotten zu kaufen. Gott sei Dank ist China nicht weit entfernt und man bekommt für umgerechnet zwölf Euro eine nachgemachte North Face Daunenjacke. Kein Wunder, dass hier ca. 80 % der Touristen in so einem Teil herumlaufen.

Die erste Nacht im Hotel ist übel. Zum Glück hat die Klimaanlage eine Funktion zum Heizen. Diese läuft die ganze Nacht mit 25 Grad durch.

Liegt es an der Höhenluft, oder warum krähen die Hähne in Vietnam nachts um halb zwei? Schrecklich! Der Hahn kräht abwechselnd mit einem jämmerlich kläffenden Hund. Vielleicht ahnt dieser, dass es seine letzte Nacht ist und er am nächsten Tag verspeist wird?

Tag 3

Gerädert gehen wir um 8.15 Uhr zum Frühstück! Gott sei Dank in unseren neu erworbenen Daunenjacken. Sonst wären wir im Frühstückssaal erfroren. Eigentlich sollte es bis 9.30 Uhr Frühstück geben. Aber anscheinend hat die Reisegruppe mit den vielen Chinesen das Buffet schon geleert. Stichwort Chinesen: Massen an Chinesen! Kein Wunder: China ist nur ein paar Minuten von Sa Pa entfernt (45 km bis zur Grenze). Auf Nachfrage beim Personal zu den leeren Behältern kommt die Antwort: „Sorry Sir, finniii...."

Was will der Typ von mir? „Finnniii"? Ah, die Vietnamesen sind ja wie Unterfranken und verschlucken die letzten Buchstaben! Er meint „finished".

Ich könnte kotzen. Dann bleibt nur ein fast kalter Kaffee ohne Milch. Die Milch in dem Fläschchen ist entweder sauer geworden oder mittlerweile eingefroren. Jedenfalls kommt nichts mehr heraus.

Das eigentliche Highlight unserer Sa Pa Reise steht heute an: eine geführte Trekking Tour zu dem Dorfe der Muong. Ein einheimischer weiblicher Guide holt uns pünktlich am Hotel ab. Mit ihr im Schlepptau: zehn Muong Frauen. Ich scherze noch: Für jeden Teilnehmer eine Betreuerin! Nach drei km Fußmarsch abwärts durch den schlammigen Dschungel wird mir eines klar: Dies sind meine Lebensretter!!! Der Weg ist eine matschige, lebensgefährliche Rutschbahn. Wahnsinn! Heute habe ich den ganzen Tag schon den Song von Depeche Mode „Never again" im Kopf. Warum wohl?

Den Muong Damen in ihren lila oder grünen Gummistiefeln macht diese Rutschbahn gar nichts aus. Ich bekomme sogar zwei Damen an die Hand. Eine rechts, eine links! Sehe ich schon so alt aus? Ohne deren Hilfe hätte ich mir in meinen weißen Adidas Basketballstiefeln alle Knochen gebrochen. Als ich den Programmpunkt „Trekking" im Reiseprospekt gelesen habe, wusste ich nicht, dass hier echtes Trekking gemeint ist. Dies haben wir im Vorfeld völlig unterschätzt. Normalerweise, wenn im Prospekt Trekking steht, ist von einer gemütlichen Wanderung auf befestigten Wegen auszugehen. Hier leider nicht! Das hier ist eine Urwaldexpedition für Profis.

Ich transpiriere vor Anstrengung und überlege, ob die Wasserbüffel am Wegesrand so stinken oder ich diesen unangenehmen Geruch verbreite. Zeitweise hilft mir ein sehr junges Muong-Mädel. Sie trägt nur Badelatschen. In der Rangordnung zu den Gummistiefeln muss sie sich sicherlich noch hocharbeiten. Als ich auf dem steilen Weg abwärts deute, sagt diese immer nur: „Easy! Easy Sir!" Ich rutsche mehrmals aus und stürze in den Schlamm. Zum Glück funktioniert mein Rucksack als Airbag, sonst hätte ich mir sicherlich das Kreuz gebrochen.

Durchgeschwitzt und matschig bis zu den Knien im Heimatdorf der Muong angekommen, umkreisen mich sofort 20 Kinder. Sie strecken mir ihre schmutzigen Hände entgegen, in denen sie bunte selbstgeknotete Armbänder halten. Sie gucken mich mit ihren freudlosen Mandeläuglein an und rufen in einer sehr traurigen und herzzerreißenden Stimme: „Pleeeease, buy one, 10.000 for meeeee!"

16

Wenn ich in deren Augen gucke, müsste ich eigentlich jedem Kind für die geforderten 40 Cent ein Armband abkaufen. Mir geht es nicht ums Geld. Aber wenn man hier nachgibt, hat man bald 100 Kinder um sich herum. In meinem Rucksack befindet sich die Lösung des Problems: „Manner-Waffel-Kekse", mit denen ich die Meute schnell zufriedenstelle. Es ist doch zu etwas gut, wenn man aus dem Flugzeug die Reste mitnimmt. :-) Hätte nie gedacht, dass ich den Österreichern für dieses bröselige Zeugs nochmal dankbar sein werde.

Schnell verzieht sich dieser Flashmob und wir können ohne weitere Hindernisse zu unserem Mittagslokal weitergehen.

Uns erwartet ein traditionelles Essen. Hühnchen mit Reis. Für die Vegetarier gibt es Tofu mit Gemüse. Das Hühnchen war bestimmt ein Geschwisterchen der dürren Hühner, die am Wegesrand nach Nahrung suchen und erfolglos im Boden stochern. Von dem Tier wird in Vietnam alles verarbeitet. Nicht wie bei uns in Deutschland nur Brust und Keule. Kleingehackt und rein damit!

Aus dem Topf guckt uns ein Hühnerkopf mit Augen an. Daneben noch der schrumpelige Fuß samt Krallen. In diesem Moment beschließe ich für die restliche Dauer unserer Reise nur noch vegetarisches Essen zu bestellen.

Tag 4: Endlich Stuhlgang

Hurra, nach vier Tagen in Asien funktioniert meine Verdauung wieder. Was nicht funktioniert: die Toilettenspülung. Auf Grund eines Rohrbruchs wurde das Wasser über Nacht abgestellt. Ihr könnt euch sicherlich vorstellen, welche Massen nach mehreren Tagen aus einem erwachsenen Menschen herauskommen (dies möchte ich hier nicht weiter ausführen). Ich glaube, nach dem Auschecken ist dieses Zimmer unbewohnbar und benötigt einer Generalsanierung. Betrachtet man noch das Handtuchmassaker, das ich am Vorabend zum Putzen der Schuhe veranstaltet habe, übersteigt der Zustand des Bades eure Vorstellungskraft. Mit den kostenlosen Hotelzahnbürsten habe ich den gelbbraunen Lehm der Treckingtour von den Schuhen gewaschen. Ich versuchte es jedenfalls, was mir aber nicht so richtig gelang. Die weißen Fließen im Bad färbten sich durch die spritzende Brühe ebenfalls gelb braun. Mit dem benutzten Duschhandtuch habe ich meine Schuhe dann fast in ihren Ursprungszustand zurückversetzt. Als ich mit dem Vorgang begann, hatte das Handtuch allerdings noch die Farbe Weiß...

Aber: Wie bringe ich jemals meine einzige lange Jeans wieder sauber?

Beim Frühstück die gleiche Prozedur wie am Vortag. Heute haben mir die Chinesen freundlicherweise einen Esslöffel Fried Rice übriggelassen. Kalt, aber köstlich - wenn man hungrig ist.

Unser Guide namens Vu holt uns pünktlich um 9 Uhr ab. Der nächste Fußmarsch folgt. Meine Knochen schmerzen allerdings noch vom Vortag.

Es geht in ein Dörfchen Namens Cat Cat. Dieses wurde, denk ich, nur zur Belustigung der chinesischen Touristen mitten in die Pampa gebaut. Ein riesiges Disneyland ohne Fahrgeschäfte, aber mit vielen Hotspots für coole Instagram Fotos.

Schon am Ortsrand zahlreiche Verkaufsstände mit Phantasieklamotten die aus der Netflix-Serie „Vikings" stammen könnten. Angeblich die traditionelle Tracht der ethischen Minderheit, die in diesem Dörfchen einmal gelebt hat. Für den schmalen Geldbeutel kann man sich die Klamotten auch für einen Tag ausleihen. Die jüngeren Chinesen machen von diesem Angebot regen Gebrauch. Die Männer bekleidet mit Fellmützen, Fellschuhen, Bundhosen und bunt bestickten Jacken, dazu einen Säbel im Gürtel. Die Frauen mit bunt bestickten Kleidchen und den dazugehörigen passenden Hüten. So bevölkern diese nun Cat Cat.

In ihren bunten Faschings-Outfits belagern diese das ganze Dorf. Es gibt kein Durchkommen mehr. An jedem Felsen, an jeder Brücke, vor jedem blühendem Strauch stehen sie Schlange, um sich fotografieren zu lassen.

Irgendwann haben wir uns durch dieses bizarre Schauspiel gekämpft und essen erschöpft zu Mittag. Natürlich vegetarisch...

Nach dem Mittagessen schon wieder Trekking. Diesmal aber über eine kaum befahrene „Straße" (wäre bei uns ein Flurbereinigungsweg). Es geht in ein Bergdörfchen mit Schule. Der Weg dorthin ist beeindruckend. Eigentlich nichts für Touristen. Vietnam pur. Blechhütten ohne fließend Wasser und unbefestigte Straßen. Freilaufende Schweine und sonstige „Haustiere". An einer Hütte wird gerade ein Tier auf offenem Feuer gebraten. Ich möchte es nicht aussprechen, sieht aber von der Anatomie aus wie ein Hund. Vor einem „Lebensmittelladen" liegt Fleisch auf einem Holztisch. Über dem Fleisch dreht sich ein umgebauter Ventilator. An seinen Flügeln hängen Plastikfäden, die durch das Drehen die Fliegen vertreiben sollen – dies gelingt aber nur mäßig.

In der Dorfschule ist gerade Pause. Jungs und Mädels verschiedener Altersklassen springen fröhlich herum. Sie tragen alle eine einheitliche Windjacke in weiß-blau-rot. Dazu jedes Kind Badeschlappen. Keinem Kind passen diese! Entweder hängen die Zehen vorne raus, oder die Latschen sind viel zu groß. Als der Gong in einem markerschütternden Ton erklingt, strömen alle zurück in die Schule.

Deren Stundenplan stelle ich mir wie folgt vor:

- 1 Stunde: Englisch
  Hier wird ihnen der Satz: „Please, buy one, give 10.000 for me" wie ein Mantra eingebläut.

- 2 Stunde: Rhetorik und Körpersprache
  Wie gucke ich traurig und sage dabei den in Stunde eins gelernten Satz?

- 3 Stunde: Berufsorientierung
  - Hotelfachfrau/Mann
  - Restaurantkauffrau/Mann
  - Massage-Fachkraft
  - Verkäufer/-in im North Face Laden
  - Driver mit Spezialisierung wie: Boot, Taxi oder Rikscha

Miss Piggy is back!

Wow, schon wieder pünktlich. Um 16 Uhr werden wir von einem Kleinbus am Hotel abgeholt. Es geht zurück nach Hanoi. Langsam kämpft sich der Luxuskleinbus durch Sa Pa und pickt die einzelnen Personen, Pärchen und Backpacker auf. Am letzten Hotel ist es so weit. Wer wartet vor der Türe? Die indische Miss Piggy und Rashid. Mir kommt bei dem Anblick sofort der Tofu vom Mittagessen hoch. Eigentlich hatte ich mein Sodbrennen fast schon wieder im Griff, aber die plötzlich aufsteigende Magensäure brennt in meiner Speiseröhre.

Die beiden setzen sich auf die letzten freien Plätze in der hintersten Reihe.

Nach wenigen Minuten Fahrt schreit sie von hinten nach vorne: „Driver: Open the window"! Ohne das Wörtchen: please. Da der Fahrer kein Wort Englisch spricht, krabbelt Rashid quer durch den Bus und hält den Fahrer seine Übersetzungsapp vor die Nase. Dieser sagt energisch: NO!

Nun eskaliert alles. Miss Piggy brüllt so lautstark den Fahrer zusammen, dass dieser den Bus unmittelbar stoppt. Er kontaktiert mit seinem Handy die Firmenzentrale und übergibt es Miss Piggy. Anscheinend erklären sie ihr hier gerade auf

Englisch, dass man über 300 Kilometer nicht mit offenem Fenster fährt und sie zwei Möglichkeiten hat:

1. laufen
2. Fenster schließen

Sie entscheiden sich für Möglichkeit zwei!

Kleinlaut sitzt das Pärchen nun in der letzten Reihe. Ohne Sauerstoffgerät und Zusammenbruch ihrer Lunge. Geht doch!

Tag 5: Hanoi - Bucht von Halong

Nach einem ausgiebigen Frühstück - alles ist warm und noch ausreichend vorhanden - warten wir in der Hotel-Lobby auf den Transfer.

Im Foyer werde ich bereits nach fünf Minuten von der Security angesprochen: „Your room number please?"

Ich denke der Grund ist meine immer noch sehr schmutzige Jeans. Aber es lässt sich rasch aufklären, dass wir wirklich Hotelgäste sind.

Kurz darauf sitzen wir schon im großen Reisebus. Auf in die Bucht von Halong. Im Bus erwarten uns lauter „Mittzwanziger", Backpacker mit Ihren großen Rucksäcken. Ich komme mir vor, wie ein Lehrer auf Klassenfahrt.

Die Autobahn von Hanoi nach Halong wurde nur zum Zwecke der Touristenbeförderung gebaut. Tausende Touristen und Backpacker werden da täglich transportiert. Auf dem Weg dorthin die nächste Abzocke! Ein Toilettenstopp mit Perlenverkauf. Eine riesige Anzahl gleicher Busse steht in Reih und Glied davor. Sicherlich bekommen die Fahrer für diesen „Zwangs-Stopp" an diesem Rastplatz eine warme Mahlzeit und ein Freigetränk dazu.

Endlich angekommen im Hafen von Halong, gibt es anscheinend noch einen weiteren Reisenden, der ebenfalls mit Rollkoffer unterwegs ist. Geradewegs rollt dieser besagte Koffer an uns vorbei und stürzt über die Betonböschung ins Wasser. Leider kann ich meine Emotionen nicht beherrschen und lache lauthals. Es bricht voll aus mir heraus. Ja,

Schadenfreude ist die schönste Freude. Es bildet sich aber schnell eine Menschenkette, um an dem steil abfallenden Ufer den Koffer wieder nach oben zu ziehen.

Endlich an Bord! Start mit Happy Hour. Happy Hour mit Lina und Rigobert. Ja, richtig gelesen: Rigobert, nicht Robert. Ein Pärchen Mitte 50. Die einzigen in unserem Alter an Bord und ebenfalls aus Deutschland. Er, erfolgreicher Rechtsanwalt für internationales Patentrecht. Sie Journalistin. Wir treffen uns zufällig zur Happy Hour am Oberdeck. Die Chance, Bier und Cocktails zum halben Preis zu ergattern, lassen wir uns natürlich nicht entgehen. Eine angenehme Unterhaltung entsteht. Wir erfahren, dass er bereits zwei Ehen hinter sich hat und sie zusammen fünf Kinder aus Patchworkproduktion haben. Nach der Happy Hour unser Fazit: Es wird wohl nicht seine letzte Ehe sein.

Tag 6

Heute werden wir nicht durch den Wecker, sondern durch ein Klangkonzert einer Vielzahl von rasselnden Ankerketten um uns herum geweckt. Wir waren gestern Abend die ersten in der Bucht, damit wir heute Morgen auch die ersten in der Höhle sein können. Diese Besichtigung steht bereits um 7.15 Uhr nach dem Frühstück auf dem Plan. Jetzt ankern zahlreiche Dschunken um uns herum, um ebenfalls die ersten in der Höhle zu sein.

5.45 Uhr: Tai-Chi an Deck

Wir kommen ein paar Minuten verspätet um 5.50 Uhr an Deck und bereits 20 Personen verrenken sich die Glieder. Unsere Gruppe auf dem Oberdeck ist eine große Belustigung für die neben uns liegenden Luxusboote und Dschunken. Die Menschen auf Ihrem Balkonen zücken alle Ihre Handykameras. Die ungewohnten Bewegungen sehen wohl lustig aus, aber wenn man im „Flow" ist, tut dies sehr gut und man gewinnt Abstand und Ruhe, die auch ich so dringend benötige. Ein französischer Mitreisender trägt sogar einen schwarzen, japanischen Kampfanzug. Keine Ahnung, wo er das Teil herhat. Vielleicht haben sie ihm diesen am Nightmarket in Hanoi angedreht? Oder ein liegengelassener Schlafanzug eines Backpackers im Hostel - schwarz eingefärbt!

Nach dem Frühstück und hektischem Besuch gemeinsam mit tausenden anderer Touris aller Nationen in der Höhle, sitzen wir nun kurzzeitig entspannt am Oberdeck. Ich beobachte das Wasser und sehe den ganzen Plastikmüll vorbeischwimmen. Dieser kann wegen dem mega

Ölfilm an der Wasseroberfläche wohl nicht untergehen. Es macht mich traurig. Traurig und sehr wütend. Wobei: Auch ich bin Teil der Ursache. Und auch ich folge der Masse, um ein paar tolle Bilder zu schießen, natürlich nur, um Euch von diesem Hotspot erzählen zu dürfen. Meine Klimabilanz nach dieser Reise kann man auch durch Kauf von 1000 qm Regenwald nicht ausgleichen. Aber was tun? Zuhause bleiben und bei VOX Reisedokus gucken? Nein, so finde ich keine Entschleunigung.

Es ist ein sonniger Nachmittag in der atemberaubenden Halong Bucht. Die Wellen schlagen sanft gegen die zahlreichen Boote, die vor der Insel Ti Top Island ankern. Tausende von Touristen können es kaum erwarten, an Land zu gehen. Alle haben dasselbe Ziel: die Aussichtsplattform auf dem Berg dieser Insel zu erreichen. Um dorthin zu gelangen, muss man 400 Stufen erklimmen. Eine große Herausforderung für die müden Beine nach einer langen Bootsfahrt. Auch ich entscheide mich, die Stufen zu bezwingen. Zusammen mit meinen neuen „Freunden" Rigobert und Lina.

Gemeinsam machen wir uns auf den Weg. Nicole meidet die Anstrengung und bleibt zur Sicherheit am schönen Sandstrand dieser Insel zurück.

Die steinigen und ausgetretenen Stufen sind steil und scheinen kein Ende zu nehmen. Die Hitze der Sonne brennt auf uns herab und der Schweiß tropft mir bereits nach den ersten paar Metern von der Stirn. Meine Knieschmerzen, die mich schon seit einiger Zeit plagen, machen sich nun besonders bemerkbar.

Nach einer gefühlten Ewigkeit erreichen wir endlich die Aussichtsplattform auf dem Gipfel. Ich bin außer Atem, mein Gesicht ist knallrot vor Anstrengung, und mein T-Shirt klebt an meinem verschwitzten Körper. Ein Selfie vor dem atemberaubenden Ausblick von der Plattform ist in meinem Zustand unmöglich. Die Halong Bucht erstreckt sich vor uns wie ein Gemälde. Das smaragdgrüne Gewässer glitzert in der Sonne und die Kalksteinformationen ragen majestätisch aus dem Meer empor. Es ist ein Anblick, die einen die Strapazen des Aufstiegs vergessen lassen.

Nachdem wir die Aussicht ausgiebig bewundert haben, machen wir uns langsam auf den Rückweg. Die Treppe hinunterzugehen ist wesentlich angenehmer als der Aufstieg, aber gefährlich. Während wir uns vorsichtig abwärts bewegen, kommen uns unaufhörlich Hunderte von Touristen entgegen. Sie drängen und schieben, rücksichtslos und unachtsam. Ihre Augen sind nur auf das Ziel gerichtet, während sie uns beinahe über den Rand drängen. Wir spüren die Bedrohung, dass einer von uns den Abhang hinuntergestoßen werden könnten.

Mein Herz pocht, während wir verzweifelt versuchen, unseren Platz auf den schmalen Stufen zu behaupten. Jeder Vorbeigehende ist ein potenzielles Risiko, eine ungewollte Gefahr. Unsere Blicke wanderten zwischen dem gefährlichen Abgrund und den unachtsamen Menschenmassen hin und her.

Endlich erreichen wir den sicheren Boden, erleichtert und dankbar, dass wir dem gefährlichen Abstieg gemeistert haben. Und so verlassen wir die Insel, um auf das wartende Boot zurückzukehren.

Rückreise nach Hanoi im Kleinbus

Schon beim Einsteigen regen mich zwei brasilianische Backpacker auf. Mit Ihren haushohen Rucksäcken und zahlreichen, baumelnden Verschluss-Schnallen blockieren sie das ganze Gepäckfach. Fast kein Platz mehr für meinen Rollkoffer. Mein Sodbrennen macht sich wieder bemerkbar.

Nach drei Minuten Busfahrt geht es dann los. Ein ständiges, extrem lautes „Ding Ding" kündigt deren ankommende Handy Nachrichten an. Ich überlege gerade mit einem Blutdruck von 220 und schäumenden Mundwinkeln, was wohl auf Portugiesisch: „Verdammte Scheiße, schalte endlich dein Handy auf lautlos" heißt.

Aber leider kann ich nur zwei Bier auf Portugiesisch bestellen. Ab diesem Zeitpunkt wird mir bewusst: Meine Zündschnur ist noch ziemlich kurz. Es wird noch ein langer Weg zur Entschleunigung.

Tag 7: Mit Harry Potter nach Bai Dinh

Eines muss man den Vietnamesen wirklich lassen: pünktlich sind sie ja! Minutiös um 8 Uhr kommt unser heutiger Guide, er nennt sich Peter (komischer Name für einen Einheimischen) zur Abholung ins Foyer. Er sieht aus wie Harry Potter. Wir fahren im Luxuskleinbus nach Trang An. Weltkulturerbe. Sieht aus wie die trockene Bucht von Halong an Land – mega schön!

Wir sind die ersten im Bus. Über eine halbe Stunde sammeln wir weitere Mitreisenden in Hanoi ein.

Nach einer Stunde durchgeschüttelter Fahrt dann der erste Stopp an einem Rastplatz. Dort stehen schon ca. 30 Reisebusse. Auf dem Weg zur Toilette muss man durch ein Andenkengeschäft, so groß wie zwei Fußballfelder. Angeblich wurde der ganze Ramsch handgemacht von „Disabled People". Die Toilette kostet nichts, aber dafür die Andenken das Dreifache wie in der Altstadt von Hanoi. Die kleinen Aufkleber „Made in China" sehen jedenfalls gleich aus.... Hier war schon einer kreativ und sehr geschäftstüchtig. Ich denke, ich verwerfe meine Idee vom vietnamesischem Sanifair wieder :-(

Als ich am Ausgang des Rasthofes die große Anzahl an Reisebussen sehe, frag ich mich: Warum gebe ich mir dies eigentlich? Muss dies sein?

Ein Teil dieses Ausflugs ist eine Bootsfahrt durch den Landschaftskomplex Trang An. Eine vietnamesische Frau rudert unser Boot und steuert uns durch mehrere Höhlen hindurch. Diese sind kunstvoll beleuchtet, doch die Fahrt birgt ihre Gefahren. Immer wieder müssen wir aufpassen, uns nicht den Kopf an den herabhängenden Tropfsteinen zu stoßen. Dazu kommt ein komischer Geruch, ich denke es ist der Duft von Fledermaus-Kacke. In Deutschland müsste hier jeder Teilnehmer einen neongelben Bauhelm aufsetzen und eine Schwimmweste wäre Vorschrift. Dies bleibt uns Gott sei Dank erspart.

Im Nu vergeht wieder ein erlebnisreicher Tag und die Rückfahrt steht an. Da im Bus noch Platz ist, sammelt er weitere Touristen ein. Hinzu steigt eine indische Großfamilie mit Kleinkind (habe ich etwa schon Vorurteile?). Der Opa, Rashid Senior, ist ganz entspannt. Dafür brüllt das Baby und äußert seinen Unmut über die Situation bereits nach der ersten Minute Fahrt. Rashid Junior (der Vater des Kindes) geht mit Handy-Übersetzung-App zum Fahrer und wir halten das erste Mal außerplanmäßig an. Wickeln von Baby-Rashid ist angesagt. Dafür herrscht ab jetzt Ruhe. Nun wird Papa von Baby Rashid unruhig und schimpft lautstark. Grund: Das WLAN im Bus und seine USB-Ladebuchse gehen nicht. Ich wusste gar nicht, dass es in diesen Retro-Bussen Ladebuchsen gibt. Und warum zum Teufel benötige ich WLAN im Bus? Hätte er sich doch lieber vorher ums Wickeln seines kleinen Scheißers gekümmert, als sich mit dem Handy zu beschäftigen.

Tag 8: Sightseeing in Hanoi

Um 8 Uhr die tägliche Abholung am Hotel. Heute sind wir die ersten. Langsam zockelt der Monsterbus durch die Straßen von Hanoi und sammelt so lange Touris auf, bis der Bus bis auf den letzten Platz vollgestopft ist.

Natürlich sind auch hier wieder einige Inder mit an Bord. Beim Mittagessen sitzen uns zwei schwule Rashids gegenüber. Darf ich diese eigentlich so nennen? Oder muss ich Homosexuelle bzw. Gleichgeschlechtliche schreiben? Kommt aufs Gleiche raus.

Mich kotzt der ganze Genderwahnsinn und die Antidiskriminierungsdiskussion an. In Deutschland bestelle ich mir aus Überzeugung ein Zigeunerschnitzel und zum Nachtisch noch nen Mohrenkopf.

Sie verheimlichen Ihre Gesinnung nicht. Ist auch kein Problem für mich. In dieser Sache bin ich total tolerant, denn jeder soll so Leben wie er möchte. Ich denke nach, wie dies wohl in deren Heimatland ist? Mir schwirrt gerade ein Bollywood-Film durch den Kopf. Die beiden tanzen in bunten Kleidern und haben ihr Coming-out.

Werden sie nach Ihrem Coming-Out gesteinigt oder werden Ihnen sogar die Hände abgehackt? Öffentlich am Dorfplatz zur Schau gestellt?

Oh je, wie kann ich mein Kopfkino wieder abstellen?

Erste Station heute: Ho Chi Minh Mausoleum

Ein weiteres Highlight steht jetzt noch auf dem Plan. Der Besuch des Ho Chi Minh Mausoleums. Der Bus lässt uns direkt vor dem Haupteingang aussteigen. Ein beeindruckendes Gelände. Sofort drängen uns die örtlichen Sicherheitskräfte dazu, dass wir uns in die Schlange einreihen. Nein, nicht nebeneinander: „one by one", schön einzeln und hintereinander. Unser Guide meint, in ca. zwei Stunden werden wir im Mausoleum angelangt sein. Wie bitte? Zwei volle Stunden wertvoller Reisezeit, um einen ausgestopften Kommunisten in seinem Glassarg zu besichtigen? Was mache ich hier überhaupt? Noch wäre die „Flucht" möglich.

Da ich in letzter Zeit oft über das Sterben, den Bau eines Mausoleums oder einer Gruft nachdenke, will ich mir dies aber geben. Nicole muss als erstes Ihre „freiliegenden Knie" mit einem Tuch bedecken. Dies ist in den ganzen Tempeln schon nervig, aber im Freigelände eines Mausoleums?

Gemeinsam mit uns befinden sich in der kilometerlangen Schlange zahlreiche vietnamesische Schulklassen. Angeblich muss ein Schulkind einmal in seiner Schulzeit diesen geschichtsträchtigen Ort besucht haben. Es sind hunderte, nein: tausende Schüler und Schülerinnen (gendern muss sein!). Diese stechen durch ihre bunten Jacken der Schuluniform hervor. Meist in einem dezenten Weiß-Rot-Blau gehalten. Dazu je Schulklasse noch einheitliche Schirmmütze. Die Schüler:innen (diese Schreibweise ist so ein Schwachsinn) begutachten uns von oben bis unten. Vor allem meine bunten Totenkopf-Tattoos werden bestaunt. Alle winken uns mit einem freundlichem „Hello" zu. Falls ich mal doch kurz zwecks Unterhaltung neben Nicole stehe, werde ich unverzüglich aufgefordert, mich wieder in die Reihe einzuordnen.

Tja, das Sterben. Mich beschäftigt eigentlich mehr der Beerdigungsprozess und das „danach"! Warum darf man in Deutschland die Asche seiner Liebsten nicht im Garten begraben? In Vietnam steht auf jedem Reisfeld das steinerne Grabmal der Eltern. Angeblich, damit diese auch nach ihrem Tode den Kindern bei der Ernte beistehen. Warum darf ich mir die Urne von meiner Frau später mal nicht auf dem Kamin stellen? Über dieses Thema unterhalte ich mich sehr oft mit Nicole. Dies wäre ihr Wunsch. Diesen werde ich durch „Export" des Leichnams nach Holland und einem dortigen Verbrennen einmal erfüllen. Ein Pressen der Asche in Form eines Schmuckdiamanten lehnt sie vehement ab. Sonst habe ich sie das restliche Leben lang am Hals....

Ein guter Freund von mir ist an meinem Heimatort Totengräber. Oder muss ich ihn Friedhofsgärtner nennen? Egal! Jedenfalls habe ich mir schon eine freie Grabstelle, die meinen Wünschen entspricht, ausgesucht. Leider darf ich diese nicht vorab reservieren. Hätte auch schon Jahre im Voraus dafür bezahlt. Aber nein, die bayerische Friedhofsverordnung schreibt vor, dass Grabstätten erst bei Erreichung des 60. Lebensjahres erworben werden dürfen. So eine schwachsinnige Bürokratie! Aber der Schwachsinn geht weiter. Mein Wunsch wäre ein Fels als Grabstein. Ein riesiger Felsbrocken. Ein „The Rock Monument!" On top zur Vollendung meines Kunstwerkes ein Totenkopf aus Bronze.

Aber nein, die bayerische Friedhofsordnung begrenzt die Höhe der Grabmale auf 1,25 Meter. Vom Totenkopf ganz zu schweigen.

Gerne hätte ich mein Grab zu Lebzeiten schon nach meinen eigenen Wünschen errichtet. An meinem Wunschplatz mit meinem Wunschstein. Auf dem Gesteinsbrocken wäre noch eine Inschrift aus Bronze gekommen: „Coming soon". Dazu noch ein kleines Messingschild mit einem QR-Code. Über den QR-Code kann man sich meine Playlist, die bei meinem Abschied gespielt wird, schon vorab bei Spotify anhören. Ja, ich träume weiter, solange die Bürokratie in Bayern meinen letzten Willen verhindert.

Stichwort letzter Wille: War das riesige Mausoleum der letzte Wille von Ho Chi Minh? Ich denke nein. Er lebte bescheiden und wurde deswegen sehr verehrt. Nicht umsonst nennen sie ihn liebevoll „Uncle Ho".

So, gegoogelt: Uncle Ho wollte verbrannt werden und seine Asche sollte zum Teil in Nord- und Südvietnam verstreut werden. Ein Ausstopfen und die Präsentation im Glassarg wie von Schneewittchen hätte er vehement abgelehnt. Seht ihr? Darum setze ich noch zu Lebzeiten meinen Willen durch!

Durch das ganze Grübeln über die bayerische Friedhofsverordnung ist die Zeit schnell verflogen. Wir habe den Eingang des Mausoleums erreicht. Alle müssen vor dem Vorbeilaufen noch ihre Mützen ablegen. Die Beamten werden strenger. Wehe es hält jemand ein Handy in der Hand. Dieses könnte ja „inside" als Foto benutzt werden. Andächtig laufen wir in einer gespenstischen Stille an dem Glassarg vorbei. Uncle Ho wirkt, als würde er schlafen. Nur ein bisschen bleich um die Nase ist er. Ist ja auch kalt hier drinnen. Zack, 20 Sekunden später ist der Spuk vorbei. Im hinteren Bereich, am Ausgang des Mausoleums angelangt, gibt es keinerlei Vorschriften mehr. Die Schulkinder kaufen sich Zuckerwatte und Cola. Die Andenken an Uncle Ho, wie z.B. gerahmte Portraitfotos, verstauben weiter im Regal.

Abends: Abfahrt mit dem Nachtzug nach Da Lang/ Hoi An.

Auf der Taxifahrt zum Bahnhof nehme ich das Hupen der zahlreichen Roller gar nicht mehr wahr. Vielleicht hat das ständige Hupen meinen Tinnitus kompensiert?

Schon eine Stunde vor dem geplanten Abfahrttermin um 20.40 Uhr können wir unser Abteil beziehen. Das Einsteigen und die Suche des Abteiles erweist sich mit dem Rollkoffer als größeres Problem. Hier haben die Backpacker mit Ihren Rucksäcken doch Vorteile. Da die Zugfahrt so günstig ist, habe ich gleich vier Plätze gebucht, damit wir ein ganzes Abteil für uns alleine haben. Mit den überproportional großen Koffern hätte dies anders eh nicht funktioniert. Ich bin zu vorsichtig und habe kein Vertrauen, den Koffer im Gang stehen zu lassen. Nach langer Suche und mühevollem Schleppen der Koffer: Ziel erreicht. Ich bin positiv überrascht. Schön dekoriert, zwei Flaschen Wasser und kostenlose Kekse und Bananen stehen als Reiseproviant für uns in dem Abteil bereit.

Als es dann losgeht, kommt aber das böse Erwachen: Ein so lautes Rumpeln und vor allem

Schaukeln des Zuges hätte ich nicht erwartet. Schnell noch die „Kotztüten" bereitlegen, die ich präventiv im Flieger (eigentlich für meine Frau, für die Bootstour) mitgenommen habe. Es schaukelt wirklich extrem von links nach rechts. Schlimmer als auf einem Segelboot bei Vollmond. Ich denke, das liegt an der schmalen Schienenbreite und den überbreiten Wagons. Das passt nicht zusammen. Egal, nicht aufregen und an meinen Blutdruck denken. Ich habe mich dafür entschieden. Nun heißt es: Augen zu und durch!

Aber es ist eisig kalt. Die Klimaanlage ist kein Fake: sie funktioniert. Leider aber nicht die Knöpfe, um sie zu regeln. Die Lösung finde ich rasch in meinem Rollkoffer: Eine mitgenommene Vliesdecke aus dem Flugzeug. Danke Qatar Airways! Jetzt habe ich den Mehrpreis zu China-Air wieder drinnen. Hier stelle ich mir die Frage: Darf man diese Decke eigentlich mitnehmen? Es stand nirgendwo ein Hinweis: It is forbidden to take the blankets with you.

Auf Grund der anstrengenden Sightseeing-Tour tagsüber durch Hanoi werde ich schnell müde. Dies könnte aber auch von den Reisetabletten kommen, die ich mittlerweile gegen das Schaukeln und die daraus resultierende Übelkeit eingenommen habe. Das Maß der Betten ist für Vietnamesen ausgelegt. Ich bin zwar nur 1,78 groß, stoße aber unten und oben an... Relativ schnell fallen mir trotzdem die Augen zu und wider Erwarten wache ich morgens um 8 Uhr entspannt auf. Der Körper gewöhnt sich an alles. Als ich mit meiner Reisezahnbürste im Gang an dem einzigen Waschbecken stehe, überkommt mich ein gewisses Gefühl der Zufriedenheit. Ich erinnere mich an meinen ersten Urlaub mit meinen Kumpel Matz. Mit 15 Jahren sind wir damals mit Rucksack bis ins damalige Jugoslawien getrampt

Ja, auch ich war mal klassischer Backpacker. Das waren noch Zeiten. Sechs Pfennige für eine Flasche Karlovacko Bier. Mit 100 D-Mark haben wir sechs Wochen überlebt. Von den Erlebnissen zehre ich noch heute und könnte ein weiteres Buch davon schreiben.

Da ich, um die Zeit zu überbrücken, an meinen Reisenotizen weiterarbeite, vergeht die Zeit wie im Flug. Eine geniale Aussicht auf die Serpentinen über den sogenannten Wolkenpass entschädigen für alles. Planmäßig und minutiös um 13 Uhr kommen wir in Da Nang an.

Tag 9: Hoi An

Nach einem kurzen Transfer erreichen wir das Reiseziel für die nächsten fünf Tage: Hoi An. Die Stadt der Lampions. Beim abendlichen Bummeln am Fluss sind wir total geflashed. Ein tolles Lichtermeer aus bunten Laternen erhellt die Stadt. Schnell ein paar Glückslichter gekauft, Wünsche drauf geschrieben und im Fluss auf die Reise geschickt. Auch hier wird mir erst beim Einschlafen und Nachdenken über den Tag bewusst, was dies für eine Umweltsünde ist! Tausende Touristen versenken hier täglich mit einer Kerze versehene Papierlaternen. Was passiert mit dem Müll? Dem aufgeweichten Papier? Dem Kerzenstummel? Ich bin überzeugt, dass dies nirgends abgefischt wird, sondern am Grund des Flusses vergammelt.

Ein Wiedersehen mit Lina und Rigobert:

Auf der Suche nach einem schnuckligen Lokal fürs Abendessen erleben wir eine große Überraschung. Wer sitzt auf der Terrasse des Nobelrestaurants „Cargo Club"? Unsere Urlaubsbekannten Rigobert und Lina. Wir gesellen uns dazu. Falsche Entscheidung. Bei der Rechnungshöhe für zwei Bier und lokalem Hühnchen mit Fried Rice hätten wir uns anderswo eine ganze Woche lang versorgen können. Egal, es ist Urlaub, also nicht aufregen. Wir führen eine überraschend angenehme Unterhaltung und lassen den Abend mit ein paar Dosen Bier am Flussufer ausklingen.

Tag 10: Hoi An auf eigene Faust

ACHTUNG!

Das Kapitel „Tag 10: Hoi An auf eigene Faust" habe ich nach unserer Rückkehr in Deutschland von der künstlichen Intelligenz ChatGPT verfassen lassen.

Nach diesem erlebnisreichen Tag war ich so fertig, dass ich nur noch ein paar Notizen über die Geschehnisse des Tages in mein Reisetagbuch notierte. Mit diesen Notizen und meinen Erinnerungen habe ich die künstliche Intelligenz ausführlich gefüttert und gebeten, eine lustige Kurzgeschichte zu verfassen.

Hier das Ergebnis:

Am Morgen des zehnten Tages beschließen meine Frau Nicole und ich, uns nach dem Frühstück an der Hotelrezeption zwei Fahrräder auszuleihen und in den angrenzenden Kokospalmenwald zu radeln. Was könnte schon schiefgehen?

Mit unseren Fahrrädern machen wir uns auf den Weg durch den chaotischen Verkehr von Hoi An. Es scheint, als ob jeder auf der Straße sein eigenes Regelwerk hat. Da wir uns nicht an Google Maps gewagt haben, verlassen wir uns auf unsere instinktive Orientierung. Schließlich können wir den Kokospalmenwald nicht übersehen, oder? Nach ein paar Irrungen und Wirrungen und einer kleinen Extrarunde durch die belebte Hauptstraße stadtauswärts finden wir schließlich den Eingang zum Kokospalmenpark.

Als wir tiefer in den Wald eintauchen, hören wir bereits das sanfte Plätschern des Flusses. Und plötzlich stehen wir vor einer Szenerie, die uns sprachlos macht. Vor uns erstreckt sich ein Fluss voller ausrangierter Fischerboote, kunstvoll aus geflochtenem Korb gemacht. Die runden Boote sind bunt bemalt und scheinen nur darauf zu warten, uns auf ein aufregendes Abenteuer mitzunehmen. Es warten aber nicht nur die bunten Korbboote, sondern auch viele fleißige Verkäufer, die einem eine Bootstour andrehen möchten.

Es stellt sich heraus, dass dieser Fluss nicht nur ein ruhiges Gewässer ist, sondern auch eine Quelle endloser Unterhaltung. Touristen aller Nationalitäten sind in den ausrangierten Fischerbooten unterwegs und staunen über die Attraktionen auf dem Fluss. Ein Karaoke DJ singt auf dem Wasser mit großer Begeisterung lautstark vietnamesische Hits, während die Boote sich im Takt zu seinen Beats drehen und wirbeln.

Wir lassen uns nach zähen Verhandlungen zu einer „Privattour" überreden. Wir steigen ein und ein „Fahrer" paddelt mit uns los. Der Bootsführer, der sichtlich Spaß daran hat, uns zu beeindrucken, rudert los und lässt das Boot wild durch das Wasser tanzen. Die Geschwindigkeit und die Drehungen lassen uns kreischen wie kleine Kinder. Langsam aber wird mir schlecht und ich bin kurz davor, mit meinem Frühstück die Fische zu füttern. Wir reihen uns in die waghalsige Schlange unzähliger Boote ein und versuchen, mit den anderen Booten Schritt zu halten. Die Vielzahl von Touristen klatscht und jubelt uns zu, als ob wir die Hauptattraktion eines Vergnügungsparks wären. Es ist eine Mischung aus Nervenkitzel und Unsinn, die uns den Atem raubt.

Nach einer atemberaubenden Fahrt auf dem Fluss kehren wir schließlich zum Ufer zurück, immer noch mit einem breiten Grinsen im Gesicht. Unsere Fahrräder warten auf uns, und wir radeln zurück nach Hoi An, wo uns das wuselige Treiben der Stadt erwartet. Es ist ein sonniger Nachmittag in Hoi An, und wir sind immer noch voller Energie nach unserem lustigen Ausflug mit den "Basket Boats". Wir beschließen, das Zentrum des Örtchens zu erkunden und machen uns mit den Leihfahrrädern auf den Weg.

Hoi An ist berühmt für seine traditionell handgearbeiteten Lampions, und wir haben beschlossen, dieses Handwerk selbst auszuprobieren und einige dieser wunderschönen Lampions für unseren asiatischen Garten in Deutschland zu kaufen. Wir radeln zügig durch die Straßen und finden schnell eine Werkstatt, die auch Workshops anbietet.

Die Werkstatt ist bunt und einladend, und wir werden von einer freundlichen Dame begrüßt, die uns Tee und Kekse reicht. Da wir noch kein Mittagessen hatten, stürzen wir uns bis zum letzten Krümel auf die leckeren Kekse. Wir setzen uns an einen großen Tisch, auf dem bereits eine Vielzahl von Materialien bereitliegen. Es gibt Seide, Bambusrahmen, Farben und natürlich Klebstoff.

Schon bald sind wir mitten im Geschehen, und es wird gebastelt und gewerkelt, was das Zeug hält.

Wir kleben die Seide auf die Bambusrahmen, formen und falten sie vorsichtig, um die charakteristische Laternenform zu erreichen. Die Dämpfe des Klebstoffs steigen mir langsam in den Kopf und fördern so meine künstlerische Kreativität. Nachdem die Lampions ihre Form gefunden haben, dürfen wir sie bemalen. Ich entscheide mich für ein traditionelles vietnamesisches Motiv mit Drachen und Blumen. Doch als ich mit dem Pinsel über die Seide gleite, merke ich schnell, dass meine künstlerischen Fähigkeiten nicht ganz mit meinen Vorstellungen übereinstimmen. Mein Drache sieht eher aus wie ein schiefes, abstraktes Ungeheuer und endet in einem wirren Farbklecks.

Nicole hingegen hat mehr Geschick und kreiert eine elegante und kunstvolle Blumenranke auf ihrer Laterne. Während sie stolz ihre Arbeit betrachtet, muss ich über meinen misslungenen Versuch lachen. "Naja, ich denke, mein Lampion ist ein modernes Kunstwerk im Stil von Picasso", scherze ich.

Schließlich beenden wir unseren Workshop und sind stolze Besitzer unserer ersten selbstgebauten Lampions, auch wenn meiner ein wenig eigenwillig aussieht. Doch das hält uns nicht davon ab, unseren Einkauf fortzusetzen. Wir stöbern durch die Werkstatt und suchen uns noch ungefähr 10 weitere Laternen in den unterschiedlichsten Farben und Motiven aus.

Als wir die Werkstatt verlassen, sind unsere Einkaufskörbchen am Fahrrad prall gefüllt mit unseren neu erworbenen Schätzen. Wir strahlen vor Freude und können es kaum erwarten, die Lampions in unserem Garten zu präsentieren.

Diese lustige Erfahrung in Hoi An hat uns nicht nur mit wunderschönen Lampions beschenkt, sondern auch mit vielen Lachern und Erinnerungen. Manchmal sind es gerade die kleinen Missgeschicke und unerwarteten Ergebnisse, die eine Geschichte wirklich lustig machen. Und ich bin mir sicher, dass uns mein "Picasso-Lampion" immer wieder zum Lachen bringen wird.

Tag 11: Ausflug nach My Son Sanctuary

Und täglich grüßt das Murmeltier... 8 Uhr und Tagesstart im Kleinbus. Wir sind die Letzten, die zusteigen. Der Guide startet sofort mit den Erklärungen. Als er anfängt zu sprechen denke ich: „Stell das Mikro leiser!" Aber: Er hat gar keines. Dafür spricht er bestes Englisch. Britisch Englisch. Sicherlich hatte er Glück im Leben und in seiner Dorfschule hat ein gestrandeter Backpacker aus London den Englisch Unterricht abgehalten.

Da seinen Namen niemand aussprechen kann, nennt er sich „Mr. Power"! Ja, Power hat er. Vielleicht hatte der Lautsprecher, den er in seiner Jugend verschluckt hat, 1500 Watt.

Auch im Fach Körpersprache und Rhetorik hatte er gut aufgepasst. Mit seiner Rhetorik würde er gut in die Politik passen. Er betont alles mehrmals.

Beispiel:

You can see a boat. A wooden boat. The holy boat from the Ocean. The boat that can never sunk. With this boat shipped Buddha and Shiva along the Mekong River.

Wahnsinn diese dramatische Aussprache. Ihn müsste man in den Verkauf schicken. Schade, dass es in Deutschland keine Kaffeefahrten mehr gibt. Er wäre der King. Der King des Verkaufes. Der King der Heizdeckenmafia.

In der Tempelanlage „My (sprich Mi) Son Sanctuary" angekommen, nieselt es. Er schlüpft sofort in schwarze Gummistiefel. Meine

Vermutung verfestigt sich, dass er vom Stamme der Oompa Loompas (Muong) abstammt.

Auf der Rückfahrt zeigt er erneut sein Verkaufstalent. Angeblich wurde die Rückfahrt aus My Son von Bus auf Boot verlegt. Ohne mit der Wimper zu zucken, kassiert er pro Teilnehmer nochmals 100.000 Dong. Dies sei der Fahrpreis fürs Boot. Schon wieder abgezockt, doch wir lassen dies alle ohne Widerrede über uns ergehen.

Am Abend sind wir wieder zurück in unserem Hotel. Wir nehmen zwei Häuser weiter neben unserem Hotel das Abendessen ein. Angelockt von einem Schild: Beer only 10 K

40 Cent für 450 ml Saigon Bier? Wow! Oder trinken wir gerade das Öttinger Vietnams? Egal! Super Preis und es schmeckt.

Gegenüber der Bar ist ein Hostel. Wir beobachten das wuselige Treiben. Ständig fährt der Fahr- und Lieferdienst GRAP vor und bringt Essen. Wir werden neugierig und gehen rein. Mega!!! Gerade findet eine Poolparty mit Bier Pong statt. Wer die Übernachtung im Mehrbettzimmer, Toilette auf dem Flur und gemeinsame Waschräume nicht scheut, bekommt diesen Spaß für 6,50 Euro pro Nacht inklusive Frühstück. Gerne wäre ich jetzt schlagartig 30 Jahre jünger. Irgendwie muss man die Backpacker doch beneiden. Wir sind die Ältesten und mittlerweile negativ aufgefallen. Leider werden wir aufgefordert zu gehen.

Tag 12

9 Uhr Abholung von „Private Guide" zur City Tour Hoi An

Unser heutiger Guide nennt sich Thai. Das krasse Gegenteil von Mr. Power. Sehr freundlich und zurückhaltend. Die erste Station ist der lokale Markt. Hier verkaufen vietnamesische Frauen alles, was auf dem Feld wächst, alles, was im Meer schwimmt, alles, was im Stall herangezogen wird und alles, was man aus Bambus bauen kann. Die Eindrücke sind überwältigend. Es zeigt mir: Uns geht es gut! Auch das vermeintliche „einfache" Leben der Vietnamesen ist vielfältig, nahrhaft und gesund.

Der „local Market" ist als Drive-In ausgelegt. Einheimische fahren mit Ihren Rollern direkt bis an den Stand. Ohne abzusteigen, wird geshoppt. Natürlich alles verpackt in Plastiktüten. Zahlreiche Plastiktüten, die Tage später im Meer verschwinden und unsere Umwelt noch mehr vermüllen, als sie eh schon ist. Mittlerweile hat Meeresfisch gefühlt mehr prozentualen Anteil an Microplastik als Proteine. Stände mit turmhohen Bergen an Dragon-Fruit. Diese Frucht sieht wahnsinnig gut aus. Diese Farbenpracht, diese exotische Form. Aber warum hat Gott diese geschaffen? Eine rote, wachsähnliche, nicht essbare Außenhülle. Das Innenleben sieht aus wie gequollener Quinoa-Samen. Das Zeugs, dass die vegane Community sich tonnenweise einwirft. Beide haben eines gemeinsam: Sie schmecken nach nichts.

Der Guide erzählt, dass er während Covid keine Einnahmen hatte. Nur eine Einmalzahlung des

Governments in Höhe von 150 Dollar. 150 Dollar für zwei Jahre. Sein Kommentar: "But i had a lot of time for my Family". Nachdenklich überkommt mich ein Gefühl von Dankbarkeit und Zufriedenheit für mein Leben.

Am Abend laufen wir nochmals alleine in die Altstadt von Hanoi. Unser Ziel: Eine romantische 20-Minuten Bootstour. Die Kosten sind für alle gleich: 150K. Der Bootsfahrer wird ziemlich schnell geschäftstüchtig. Rasch hat er mir und Nicole ein Glückslicht in die Hand gedrückt und ruft: Photo, Photo. Mit meinem Handy macht er ca. 50 unscharfe und verwackelte Bilder. Dafür will er am Ende der Tour 50K. 50k von jedem.... Ich sage lautstark: No! Aber er beharrt auf seine Bezahlung. Verdammt, warum lasse ich diese Abzocke schon wieder über mich ergehen?

Tag 13: Radtour mit Cooking Class (Kochkurs)

Abholung, wie fast jeden Tag, um 9 Uhr im Hotel. Die heutigen Guides sind ein Geschwisterpaar. Fuh und ihre jüngere Schwester Lio. Die beiden begrüßen uns herzlichst mit einer überschäumenden Freundlichkeit. Ich ahne jetzt schon, dass sich diese überzogene und gespielte „Happiness" auf das Trinkgeld auswirken soll. Ich spüre langsam eine Sehnenscheidenentzündung in der rechten Hand. Das ständige Zücken des Geldbeutels und die damit verbundene Drehbewegung des Handgelenkes hinterlässt seine Spuren.

Zwei unbequeme und viel zu kleine Fahrräder stehen für uns bereit. Die Radgröße ist natürlich für Vietnamesen ausgelegt. Mit einem wund gescheuerten Hintern, schmerzenden Rücken und abgequetschten Genitalien quäle ich mich bei 30 Grad auf einem angeblichen Radweg durch die Reisfelder. Das ist kein Radweg, sondern die Autobahn für Einheimische auf ihren Rollern! Zweimal werde ich von den Rollerraudis so abgedrängt, dass ich mit meinem Kinderfahrrad fast die Böschung runterstürze.

Endlich erreichen wir das Home-Village der beiden Guides. Die aufgesetzte Freundlichkeit und Happiness wird ab nun nur noch getoppt. Wow, wo lernen die alle nur so zu schauspielern? Auch in der Dorfschule, Fach Rhetorik? Einem Wochenendkurs der vietnamesischen Volkshochschule? Uns werden weitere sechs Frauen vorgestellt. Angeblich alles Schwestern und Family. Den Kochkurs leitet eine der angeblich sieben Schwestern, sie heißt Thingh. Ihr könnt

Euch so eine Aufgedrehtheit nicht vorstellen. Ich kann dies hier kaum beschreiben und nicht in Worte fassen. Früher gab es mal eine Sendung im Fernsehen „Der Preis ist heiß". Harry Wijnvoord und sein Assistent Walter sind ein Dreck gegen dieses Showtalent Thingh. Anfangs dachte ich noch, wir haben einen privaten Kochkurs gebucht. Doch langsam trügt dies. Von allen Himmelsrichtungen strömen nun Fahrradguides mit Touristen aus allen Herren Ländern zu dem Haus. Immer mehr Schwestern und Cousinen versammeln sich in diesem. Wir sind nun Teil einer größeren Gruppe.

Unter anderem ein junges Backpacker-Pärchen aus Australien, eine schwedische Salesmanagerin für Outdoormöbel auf Geschäftsreise und ein erfolgreiches Unternehmerehepaar aus Holland. Und wir zwei Franken. Eine bunte und lustige Truppe.

Erst Führung durch den Garten. Die arbeitenden Männer sind angeblich alle Ihre Onkels. Dann eine Vorführung wie man Ricepaper herstellt, mit anschließender Verkostung. Interessant, unterhaltsam und sehr lecker.

Mittags dann das Highlight: Cooking Class! Showcooking von Mrs. Thingh und einigen Selbstversuchen der Teilnehmer. Ein mehrgängiges und leckeres Mahl entschädigt für die überschäumende und gespielte Show.

Die Leihräder dürfen wir den restlichen Tag behalten. Was man nicht alles für 50k Trinkgeld bekommt... Am Hotel hätten die Räder 30k für 24h gekostet!

Auf damit zum nahegelegenen Strand. Super schön, aber das Inventar hatte auch schon bessere Zeiten hinter sich. Die Holzliegen stammen sicherlich noch aus der Zeit des Vietcong Krieges. Hier haben sich vielleicht die amerikanischen Söldner nach ihren Sprühflügen mit „Agent Orange" ausgeruht. Crazy Gedanken, aber es sind Fakten! Nachwirkungen von Agent Orange sind ab und zu noch sichtbar. Männer und Frauen mit verkrüppelten Körperteilen, die zu dieser Zeit geboren wurden. Warum ist die Menschheit nur so grausam und zu solchen Gräueltaten fähig? Beim Schreiben dieser Zeilen habe ich Tränen in den Augen.

Tag 14

Stichwort Schreiben: Diese Zeilen schreibe ich am Morgen des 14. Tages am sehr schönen und großzügigen Pool.

Wir warten gerade auf unseren Shuttleservice zum Flughafen. Es geht weiter nach Ho Chi Minh City bzw. dem früheren Saigon.

Die Traurigkeit verfliegt und ich genieße die schon sehr kräftige Morgensonne auf der Liege. Was sich vorbeilaufende Angestellte wohl denken? Verrückte Europäer? Die Vietnamesen trugen Ihre Gesichtsmasken bereits vor Covid. Ein Hauptgrund ist nicht nur der Feinstaub, sondern die starke Sonne. Sie schützen so ihr Gesicht. Selbst bei 32 Grad tragen diese langärmlig und Handschuhe auf ihren Rollern mit Socken in den Flipflops. Anfangs dachte ich wegen der Kälte? Nein, wegen dem UV. Würde mir vielleicht auch nicht schaden. Vielleicht kommen die tief gefurchten Falten auf meiner Stirn gar nicht vom ständigen Stress und Ärger. Schuld ist nur die Sonne. Ein Kollege sagte mal zu mir: „Wenn ich angestrengt gucke, sehe ich aus wie ein chinesischer Faltenhund"!

Die Stadt Hoi An mit seiner malerischen Altstadt ist wirklich super, aber nach fünf Nächten sind wir froh, dieses Hotel wieder verlassen zu dürfen. Falls ich zu meiner neuen Karriere als Reisebuchautor noch Film-Regisseur werden sollte, drehe ich meinen ersten Film in diesem Hotel. Die moderne Neuverfilmung des Klassikers von Alfred Hitchcocks „Psycho".

Unser Badezimmer hat ein Fenster zum Flur. Dieses traute ich mich gar nicht öffnen. In meiner Fantasie fühle ich schon ein Messer im Nacken. Eingewickelt werde ich in den schimmeligen Duschvorhang. Sie schleppen mich über den verrotteten Bambussteg und werfen mich in den ungepflegten und mit Lotus zugewucherten Tümpel hinter dem Hotel.

Es waren die Oompa Loompas. Aus Rache für das verwüstete Hotelzimmer in Sa Pa.

Stichwort Badezimmer: Auch das Duschen ist ein Erlebnis für sich. Der Duschkopf ist so verkalkt, man kann von „Strahl zu Strahl" springen. Man fühlt sich, als ob gerade 30 an der Prostata erkrankte ältere Herren auf einen herab pinkeln.

Gefühlt waren wir hier die einzigen Gäste. Über die Zimmer kann man nichts Schlechtes sagen. Top sauber und gepflegt. Auch das Frühstücksbuffet war ausreichend und landestypisch lecker. Schon am Morgen starte ich mit Fried Noodles auf Chicken with Vegetable in den Tag.

Aber die Hotelanlage ist ziemlich in die Jahre gekommen. Wenn man am Abend bei Dunkelheit in das fast leere Hotel zurückkommt, wirkt dies irgendwie gespenstisch. Der Typ an der Rezeption sitzt hier gefühlte 24 Stunden. Vielleicht ist er gar nicht echt, sondern aus Madam Tussauds Wachsfigurenkabinett. Dies ist sicherlich auch der Grund, warum meine Anrufe an der Rezeption nie angenommen wurden.

Um 10 Uhr genieße ich noch schnell die restlichen zwei Bier aus der Minibar am Pool. Was „included" ist, muss weg.

Leicht angetrunken geht es im Shuttlebus durch die lebhaften und überfüllten Straßen zum Flughafen. Die zwei Bier rächen sich schnell. Meine Blase drückt, aber ein Stopp bei diesem Verkehr und der dichten Besiedelung ist unmöglich. Die Strecke ist zum Glück nicht zu lange und ich schaffe es kurz vorm Platzen die Toilette zu erreichen.

13.00 Uhr Abflug mit Bamboo-Air (wow, nie vorher gehört) nach Saigon.

Eine Sitzreihe neben mir entleert sich mit lauten Würgegeräuschen ein Junge seines Frühstücks. Vielleicht sind Nudeln und Reis vor dem Fliegen doch nicht so sinnvoll? Der säuerliche Geruch kitzelt auch an meinem Gaumenzäpfchen. Aber zum Glück bleibt alles drin. Ich überlege vor dem nächsten Flug, mir die klassische Pho-Nudelsuppe in einem Kotzbeutel zu füllen und dann während des Fluges als Reiseproviant genüsslich auslöffeln. Auf die Reaktion der anderen Fluggäste bin ich gespannt...

14.30 Uhr – Ankunft Ho Chi Minh Airport

Mit einem Schild „Welcome Mr. Thomas" steht ein Driver für unsere Abholung bereit.

Hatte ich von dem „crazy traffic" in Hanoi berichtet? Vergesst alles, was ihr bisher gehört habt. Der Verkehr in Hanoi ist wie „Kindergeburtstag" im Vergleich zu Ho Chi Minh City.

Zehn Millionen Einwohner und geschätzt gerade ALLE auf ihren Scootern unterwegs. Ein wirres Treiben, kreuz und quer, ein einziges Hupkonzert.

Vielleicht gibt es hier ein elektronisches Relais, das die Hupe automatisch alle 15 Sekunden betätigt? Gefühlt hat jedes Fahrzeug ein unsichtbares Schutzschild um sich herum, das erlaubt, sich bis zu einem Millimeter zu nähern. Hunderte grüner „Taxiroller" mit der Aufschrift GRAB bevölkern die Straßen. Nööööö, auf diese Rücksitzbank bringen mich keine 1000 Pferde. Steht das Wort GRAB in Vietnam auch für die deutsche Bedeutung Grab? Ich hoffe nicht! Mir fällt spontan wieder der Zeitungsartikel mit den weltweit meisten Verkehrstoten in Vietnam ein....

Aber: Alle, ja, wirklich alle Scooter Fahrer tragen einen Helm. Und teilweise halten diese sogar bei Rot an der Ampel an. Übrigens: In Vietnam herrscht Helmpflicht und es ist offiziell erlaubt, ein Kind auf dem Roller mitzunehmen. Darum fahren hier so viele zu dritt (oder zu viert) auf ihrem Roller.

So, in Windeseile das Zimmer bezogen und rein in die City! Hier muss ich mein gesamtes Weltbild, was ich vom bisherigen Vietnam hatte, einstampfen und revidieren. Beobachtet man entspannt die Straßen, fahren hier neben den unzähligen Scootern mehr Luxuskarossen als in Deutschland. Porsche, Mercedes Maybach, Maserati, Rolls Royce und sogar ein Ferrari ist dabei. Das kleinste Auto ist ein Peugeot 2008.

Die Jugendlichen „Hippster" sitzen vor schicken Coffee-Shops und trinken Vietnamese-Iced-Coffee und sonstige In-Getränke. Wie in den japanischen Manga-Comics haben die männlichen Jugendlichen pinke oder grüne Haare. Vor den Hipster-Läden parken keine Scooter mehr, sondern moderne „Coffee-Racer". Die Mädels tragen hohe Stöckelschuhe, Schlaghosen, ein wahnsinniges Make-up und total coole Frisuren. Ich bin auf einem anderen Planeten gelandet. Habe ich im Flieger verschlafen und bin bis Japan weitergeflogen?

Auf der Suche nach einem geeigneten Lokal oder Bar für ein Kaltgetränk, wie z. B. Bier, landen wir in einer dunklen Seitenstraße. Die Karosse einer ausgeschlachteten Harley Davidson im Schaufenster zieht mich magisch an. Der Schuppen heißt „Biker-Shield" und ist eine Mischung zwischen Bar und Verkaufsladen für Rockerklamotten. Freitagabend Livemusik. Hammer!!!! Hier zahlt sich deren jahrelange Übung als Karaoke Sänger aus. Qualitativ eins mit Stern. Eine fünfköpfige Gruppe erstklassiger Instrumentalisten begleiten den grandiosen Sänger. Bei DSDS würde Dieter Bohlen sofort die goldene CD ziehen. Der Nachteil: um 20 Uhr abends noch immer kein Publikum. Wir sind die einzigen Fans. Die Gründe könnten die frühe Uhrzeit oder zu hohe Getränkepreise sein. Das Bier kostet Faktor acht, im Gegensatz zu Hoi An. Ja, achtfach: dafür vom Fass.

Dies liegt mit umgerechnet 3,20 Euro über dem Niveau unserer Stammkneipe, bei Aydin in Deutschland. Und beim Zahlen gibt's bei Aydin noch nen Ouzo aufs Haus.

Die Ausstattung ist genial. Hier muss ein Innendesigner, spezialisiert auf Industrialdesign, am Werke gewesen sein. Die Fenster wie aus einer alten Fabrikhalle. Extrem hohe Deckenhöhe und die Wände aus roten Ziegelsteinen. Die Dekoartikel total authentisch: eine rostige Karosse eines US-

Pickups. Die verlängerte Ladefläche ist der Bartresen. Kronleuchter an der Decke, geschweißt aus alten Motorradketten. Die Waschbecken vor den Toiletten sind aus rostigen Autofelgen. Das Wasser kommt aus Feuerwehrhydranten. Einfach alles stimmig. In mir reift schon lange der Gedanke, eine Bar zu eröffnen. Bisher ist es an der Location gescheitert. Wenn es im „nächsten Leben" irgendwann mal so weit ist, werde ich aus dieser Bar in der tiefsten Seitengasse Saigons sicherlich einige Ideen übernehmen.

Mir schwebt ein Konzept zwischen Bar und Männerfriseur vor. Die Bar ist nur Freitag und Samstag abends geöffnet. Damit sich der Mietpreis kompensiert unter der Woche, einen reinen Männerfriseur mit integrieren. Schon als Kind habe ich es gehasst, beim Friseur zu sitzen. Der eklige Geruch vom Dauerwellen- und Färbemittel hängt mir noch heute in der Nase. Abgeranzte Frauenzeitschriften usw.... Warum keine Warteecke, in der Mann den Playboy lesen kann? Einen qualitativen, guten Espresso bekommt? Nen Jacky Cola. Dazu läuft im TV DMAX oder Eurosport, falls Kinder mitkommen noch eine PlayStation. Der Name für dieses Konzept fliegt mir auch schon im Hirn herum: BarBIER-Shop.

Tag 15: Citytour Ho Chi Minh

Heute mal keine gebuchte Tour. Einfach mal chillen und sich im Flow der Großstadt treiben lassen. Ein Spaziergang an die typischen Touristen-Hotspots von Saigon.

- Opernhaus

- Kathedrale, die von Franzosen erbaut wurde und Notre Dame nachempfunden ist

- Cityhall mit dem bronzenen Denkmal von Ho Chi Min

- Altes Postgebäude mit toller, historischer Innenarchitektur

- Markthalle (ich kann langsam den Spruch nicht mehr hören: „Hello Mr. Do you want to buy something?")

In der Markthalle nehmen wir auch an einem der zahlreichen Food-Stände unser Mittagsmahl ein. Wenn es keine Speisekarte mit „Picture-Menu" geben würde, müsste ich jetzt glatt verhungern. Optisch sehen die Gerichte teilweise nach Dschungelcamp aus – schmecken aber lecker.

Am Abend zieht es uns zum Essen ins Backpacker-Viertel. Ja, das gibt es wirklich. So ist es sogar in der City Map eingezeichnet. Unsere Concierge aus dem Hotel, Nikki, hat uns die zahlreichen Lokale dort empfohlen. Wie immer werden wir schnell fündig. Die Wahl fällt auf ein traditionelles Lokal mit „Showküche" im Außenbereich. Grund für die Wahl dieses Lokales ist die rockige YouTube-Playlist, die in Dauerschleife läuft. Die Bedienung sieht zudem noch aus wie Elvis in seinen letzten Jahren in Las Vegas. Körperfülle, Kotletten, goldener Protzgürtel - alles stimmt!

Am Nebentisch noch ein lustiges Pärchen. Er sieht aus wie der alternde Wiener Playboy Mörtel Lugner. Seine Auserwählte ist eine Einheimische und gefühlt 50 Jahre jünger als er. Wahnsinn, wie verliebt die beiden sich nach außen geben. Fast schon ekelhaft penetrant. Ich dachte, diese schmierigen Typen gibt es nur in Thailand.

Mit vollem Magen wollen wir nun zurück ins Hotel. Aber was jetzt kommt, übersteigt alle Vorstellungskraft. Wir sind zufällig in der berüchtigten Walkingstreet gelandet. Vergesst ab sofort die Reeperbahn und die große Freiheit in Hamburg. Gegen die Walkingstreet in Saigon ist die Reeperbahn „Kindergeburtstag". Wie der Name schon aussagt, fahren hier keine Autos, außer ein paar Roller. Am Eingang der Walkingstreet ist eine Art Straßensperre mit älteren Männern in Militäruniformen, die den Fußgängerfluss kontrollieren. Links und rechts der Straße ein Amüsier-Etablissement neben dem anderen. In den offenen Riesenfenstern tanzen leichtbekleidete Mädels, aber auch Jungs. Die Typen muskulös und durchtrainiert mit freiem Oberkörper. Laute Technoklänge hindern uns an der Verständigung. Dazu blitzende, bunte Lasershows. Vor den Lokalen stehen die typischen „Einseifer". Das sind diejenigen, die mit allen in ihrer Macht stehenden Mitteln versuchen, einen reinzuziehen. Nach ein paar Metern ist mein helles T-Shirt an der Schulter schon abgeschmiert und schmutzig, da einen die Einseifer betatschen und auch so am Weiterlaufen hintern wollen.

Dazu drücken sie einem noch ein abgeranztes Plakat vor die Nase, auf der drei übergroße Bierflaschen der Sorten Saigon, Tiger und 333 (sprich: Bahbahbah) abgebildet sind. Drunter steht der Preis: only 15k (60 Cent).

Ein paar Minuten später lassen wir uns dann doch erweichen und sitzen rasch auf den typischen, unbequemen Plastikhockern vor abgeschnittenen Ölfässern, die als Tische dienen. Wir trinken ein paar günstige Flaschen Bier und beobachten genüsslich den Trubel.

Bedient wird man von attraktiven Mädels, die alle einheitlich rote Kleidchen des Bierproduzenten Saigon tragen.

Muss man sich den Resten des „ziemlich dünnen" (schwachen) Bieres entledigen, führt der Weg durchs Getränkelager in die privaten Räume der Besitzer aufs WC. Damit unterwegs nichts abhandenkommt, wird man von einem uralten, klapprigen und extrem dürren Mütterchen begleitet. Hat sie nichts zu tun, sitzt sie in der letzten Reihe neben uns und raucht. Eine nach der anderen. Die Kippe im Mund geht ihr nie aus. Neben ihr ein großer Putzeimer, der ihr als Aschenbecher dient. Dieser ist bereits zu 75% mit Kippen gefüllt.

Auf einmal herrscht ein wirres Treiben und eine Unruhe unter den Angestellten. Ich höre nur das Wort „Police, Police!". Sofort werden die kleinen

Plastikhocker und Ölfässer, die auf der Straße stehen, hektisch beiseite geräumt. Dort sitzende Gäste müssen kurzzeitig stehen. Als die Streife vorbei ist, wird blitzschnell alles wieder aufgestellt. Zu meiner Überraschung sogar noch eine Sitzreihe mehr, mitten in die Straße rein. Anscheinend dürfen auf der Straße keine Sitzmöbel platziert werden. Feuerwehranfahrtszone? Egal, juckt hier niemanden. Das Spiel wiederholt sich an diesem Abend noch mehrmals. Erst fährt ein hupender Rollerfahrer mit rotem Helm vorbei, der die Streife ankündigt. Nach der Räumung dann die sofortige und immer größer werdende Neubestuhlung.

Geile Idee denke ich! Sollte ich in meinem Barkonzept auch übernehmen. Schade nur, dass die Tage mit Außenbestuhlung in Deutschland wetterbedingt beschränkt sind.

Die Kneipen bieten auch Essen an. Bestellt sich einer etwas aus der „Einheitsspeisekarte", fährt ein paar Minuten später ein Roller vor und liefert ab. Keine Ahnung, woher das Essen stammt. Der Kundschaft jedenfalls scheint es zu schmecken. Was der Einheimischen Jugend auch schmeckt, sind „Happy Ballons". Kostenpunkt 100k (4 Euro). Anfangs konnte ich mit dem Begriff nichts anfangen. Jetzt schon! Die ziehen sich hier einen nach dem anderen mit Lachgas gefüllten Ballon rein - macht wohl Happy. Wir folgen diesem Trend nicht sondern gucken interessiert zu. Für meine Buchnotizen fotografiere ich mal so ne spaßige Gruppe. Umgehend kommt ein übergewichtiger Typ auf mich zu. Energisch bittet er mich, das Bild zu löschen. Bevor mich Specki mit asiatischer Kampfkunst verprügelt, lösche ich das Bild lieber in seiner Gegenwart. Er gibt mir zufrieden die Hand und wir umarmen uns freundschaftlich. An die Kategorie „gelöschte Objekte" auf meinem Handy hat er in seinem Drogenwahn wohl nicht gedacht....

Langsam geht auf der Straße das Spektakel erst richtig los. Schmutzige Kinder versuchen sich im Feuerspucken. Ich habe noch nie, wirklich noch nie, so schmuddelige Kinder gesehen. Barfuß, nur mit einer kurzen und löchrigen Jogginghose bekleidet. Eine Hautfarbe wie vom afrikanischen Kontinent. Vielleicht ist es auch nur der Dreck. Sie schlucken aus Flaschen benzinähnliches Zeug, das bestialisch stinkt. Dann ein Feuerstoß aus dem Mund. In einer Umgebung bis zu 10 Meter ist der Hitzestoß noch zu spüren. Gleich im Anschluss husten sie extrem und spucken mehrmals auf den Boden. Ich denke: Das 18. Lebensjahr werden sie so nicht erleben. Die restlichen Schmuddelkinder sammeln Geld für diese Showeinlage ein.

Nachdem wir sicherlich schon zwei Stunden hier sitzen, durchschaut man das ganze System. Regelmäßig kommt eine Dame mittleren Alters vorbei und nimmt den Bedienungen in ihren roten Kleidchen die Kohle ab. Bündelweise schoppt sie dies in eine Umhängetasche. So läuft sie von Lokal zu Lokal.

Am Rückweg zum Hotel fallen uns dann noch Mädels auf, die ziemlich arm sein müssen. Jedenfalls haben sie kein Geld für richtige Kleidung. Extrem wenig Stoff an ihren Röckchen und bauchfreie Blusen. Selbst im Sommer müssen sie noch ihre kniehohen Winterstiefel tragen. Sie fragen uns immer nach Geld: „Hello! Only 500K, please!" Vielleicht sollten wir hier lieber mal „spenden", statt feuerkotzende Kids zu unterstützen.

Tag 16: Ausflug Mekong Delta

Um 8.15 Uhr werden wir vom heutigen Guide, Mr. Tin Tin, eingesammelt. Zwar 15 Minuten zu spät, aber egal! Nach zwei Wochen in Vietnam habe ich mittlerweile eine gewisse Gelassenheit bekommen.

Es geht weiter in den Süden, ins Mekong Delta. Bereits nach 15 Minuten Fahrt ist die offizielle Autobahn, die AH1, verstopft. Eine gnadenlose Blechlawine aus Zwei- und Vierrädern schiebt sich gegen Süden. Grund: Es ist Sonntag. Alle wollen ihre Verwandten auf dem Land besuchen. Ein Stück außerhalb der City von Ho Chi Minh zeigt sich wieder das klassische Vietnam. Zahlreiche Foodstände säumen die Straßen. Es hängen eine große Anzahl an „roasted Ducks" an den Ständen. Ähnlich dem deutschen Brathähnchen. Nur sind die Ducks kalt und plattgedrückt wie ne Flunder. Vielleicht vom Auto überfahren? Diese lustigen Enten dienen den Fahrern der Blechlawine als Mitbringsel für ihre Verwandten.

Die Qualität der Straße ist eine Katastrophe. Unser Kleinbus schaukelt auf und ab, hin und her, wenn er überhaupt mal zum Fahren kommt... Sicherheitshalber lege ich schon mal die Kotzbeutel bereit. Wenn in Deutschland noch einer über unsere Autobahnen meckert, schicke ich ihn nach Vietnam.

Es geht entlang von Reisfeldern. Da die erste Jahresernte bereits abgeschlossen ist, wird das Reisstroh auf den Feldern abgebrannt. Ein beißender Geruch zieht in unseren Wagen.

Die Brandrodung hat zwei Gründe:
a) Insekten abtöten
b) Düngung durch Asche

Das ist Biolandbau pur! Jetzt müsste man nur noch wissen, ob das freigesetzte CO_2 in der Bilanz besser ist als LKW-Ladungen voller Dünger und Unkrautvernichtungsmittel. Vielleicht kann mir jemand vom Bund Naturschutz Auskunft geben, in dem ich seit kurzem Mitglied bin.

Endlich, nach zweieinhalb Stunden für 100 Kilometer, sind wir am Ziel angekommen. Wer sagt mir eigentlich, dass wir im Mekong Delta sind? Irgendein anderer großer Nebenfluss und ich würde es auch nicht merken. Die erste Station ist ein Dörfchen, wo uns ein Folklore-Theater vorgeführt wird. Die Laienspielgruppe der evangelischen Landjugend würde dies genauso schlecht präsentieren. Evangelische Landjugend? Gibt es eigentlich keine katholische? Ich habe jedenfalls noch nie davon gehört. Wundert mich auch nicht! Über was wollen die missbrauchten Messdiener sich austauschen? Themen wie: „Was bekommst Du dafür, dass Dir der Priester an den Schniedelwutz langt?"

Die Bootsfahrt in einem langen, hölzernen Kahn, der von einer Frau gerudert wird, steht an. In einem kleinen Nebenarm des Mekong. Im Laufe des Tages verändert sich der Wasserstand plus-minus einem Meter. Wir haben mal wieder Pech und sind bei Niedrigwasser unterwegs. Eine stinkende Brühe. Die Mücken zerstechen meine Beine. Die Vegetation am Wegesrand ist aber beeindruckend. Hier wachsen tropische Früchte einfach so wie bei uns in Deutschland das Unkraut. Ananas, Mango, Durian (Stinkfrucht), Jack Frucht und vieles mehr das ich nur von Bildern kenne. An den Palmen hängen so viele Kokosnüsse, dass diese eigentlich umknicken müssten.

Nächstes Ziel ist unser Restaurant fürs Mittagsessen. Ein „Heritage-House". Angeblich ist die museumsähnliche Ausstattung noch original. Ein ehemaliges Wohnhaus reicher Landbauern. Im gepflegten Garten mit zahlreichen Bonsaibäumen steht schon der gedeckte Tisch. Uns erwarten Frühlingsrollen, gegrillter Elefantenohrfisch (der heißt wirklich so), Curry mit undefinierbarem, aber leckeren Zutaten, dazu der typische Kleberreis. Zum Nachtisch frische Früchte aus deren eigenem Garten. Pomelo, außen dunkelgrün, innen eine saftige und wohlschmeckende, mandarinenartige Frucht. Eigentlich nichts zu nörgeln! Aber nun der Hammer. Zum Essen habe ich mir ein Bier der günstigen Marke Saigon gegönnt. Die Dame in ihrem historischen Gewand möchte von mir den vierfachen, regionalen Durchschnittspreis. Ich sage: „No Lady! Only one beer. Not four!!!"

Sie sagt mit ruhiger, ausdruckskräftiger Stimme: „It's o. k. Sir". Schon wieder wird mir die Kohle aus der Tasche gezogen. Langsam reicht es mir. Ich google schon die Kontaktdaten der Kabel Eins-Sendung: Achtung Abzocke. Aber ohne Bezahlung lässt uns die Chefin des Hauses nicht gehen. Enttäuscht bin ich von unserem Guide. Der sagt kein Wort zu diesem Preiswucher. Na warte Bürschchen. Als Strafe bekommt er nach der Tour kein Trinkgeld. So habe ich das überteuerte Bier wieder neutralisiert.

Jetzt könnt ihr denken: Ist der geizig. Nein, es geht um das Prinzip! Obwohl: Wir wohnen in unserem fränkischen Dörfchen ziemlich nahe an der Grenze zu Baden-Württemberg. Sind wir Grenzschwaben und die Sparsamkeit färbt ab?

Die Rückfahrt nach Saigon verläuft verkehrstechnisch noch chaotischer als die Anreise. Jetzt sind die Scooter dazu noch beladen bis an die Schmerzgrenze. Die Verwandtschaft hat alles, was der heimische Garten hergibt auf den Roller gepackt, so dass die Sprösslinge die nächste Woche nicht hungern müssen. Ich sehe Pappkartons mit lebenden Hühnern und eine komplette Kühltruhe hinten quer über die Rücksitzbank des Rollers gespannt. Ein Balanceakt für den Fahrer.

Tag 17: Shopping in China Town - Saigon

Der heutige Tag wäre das eigentliche Ende unserer gebuchten Pauschalreise mit einer Vielzahl an Ausflügen. Schon in Deutschland haben wir uns dazu entschlossen, den Rückflug nicht anzutreten und auf eigene Faust weiterzureisen. Es war die einzige und richtige Entscheidung.

Mit dem Taxi gehts nach China Town. Eine riesige Markthalle mit umliegenden Gassen. Gelandet in der vietnamesischen Metro, einem Großhandel für Händler. Hier kaufen alle Shopbetreiber in Großgebinden ein. Ich bin geflasht von den Sinneseindrücken. Beispielsweise bergeweise Ware mit den hier so beliebten FlipFlops. Man kann diese nicht einzeln erwerben. Je Farbe und Größe sind diese zu 50 Paar verpackt. Beim ziellosen Umherirren nun der erste Volltreffer. Es gibt Perlenarmbänder für unseren im Nebenerwerb betriebenen Onlineshop. Perlenarmbänder aus riesigen Perlen (ca. 2 cm Durchmesser). Gerade voll der Trend in Asien. Zuschlagen lohnt sich.

Der Bummel geht bei 35° Grad im Außenbereich weiter. Die Größe des Angebotes und die Vielzahl der Produkte begeistert uns so sehr, dass wir völlig die Orientierung verlieren. Mittlerweile ist es 13 Uhr und die Sonne sticht erbärmlich. Sie brennt mir regelrecht das Hirn raus! Hier hilft auch nicht eine der Mützen, von der ich Schnäppchenjäger zehn Stück als Mitbringsel gekauft habe. Eine militärgrüne Schirmmütze mit dem roten Stern der vietnamesischen Flagge. Den Vietcongs hat diese Mütze im Krieg vielleicht gute Dienste erwiesen. Mir nicht.

Ich möchte einfach nur raus hier. Zurück in das gut klimatisierte Hotel. Vor Verzweiflung und kurz vorm Hitzetod rufe ich über die Grab-App ein Taxi. In neugieriger Weise habe ich die App bereits am Vortag runtergeladen.

Und wer sitzt Minuten später mit einem grünen Spielzeughelm auf der Rücksitzbank eines Rollers? Ich! Todesmutig geht es durch den chaotischen Verkehr von Saigon.
Was ist besser? In der sengenden Hitze verglühen, oder auf einem Roller in Saigon seine letzten Atemzüge zu verbringen? Ich weiß es nicht! Meinem Roller folgt Nicole, ebenfalls mit Grab. Zu dritt auf einem Fahrzeug wollten wir dieses Abenteuer dann doch nicht begehen.

Tag 18: Anreise Siem Reap - Kambodscha

Abschied in der Hotellobby - Nikki

Für die Betreuung während des viernächtigen Hotelaufenthalts in Saigon stand uns ein persönlicher Concierge zur Verfügung. Nikki. So stand es jedenfalls auf ihrem Namensschild. Diese Frau hat so ein freundliches, einfühlsames und sympathisches Wesen, dass ich sie hier extra erwähnen möchte. Diese Stimme. Man könnte ihr einfach stundenlang zuhören. Diese Art, mit einem zu kommunizieren. Sie lächelt alle Probleme einfach weg. Die strahlenden Mandelaugen, den Kopf leicht zur Seite geneigt und die Hände im Schoß gekreuzt. Ja, so lächelt sie einen an, dazu der Klang der Stimme. So stelle ich mir eine Psychiaterin vor (war aber noch nie dort).
Egal ob Borderline oder Suizidgefahr - sie lächelt alles weg. Man liegt eine Stunde auf der Liege, sie liest einem nur aus der Tageszeitung vor, man zahlt 250 Euro und spaziert geheilt aus der Praxis.

Der Abschied war so herzlich, als ob man seine beste Freundin verlässt und diese nie mehr im Leben wieder sieht. Ja, wir werden sie sicherlich nie wieder sehen. Nikki :-(

Beim Einchecken am Flughafen rächt sich das vortägige Shoppingevent in China Town. In Summe wird unser Gepäck, inclusive Handgepäck gewogen. Je ein Kilogramm zu viel. Die Dame am Check In sagt das berühmte: „Sorry Sir", „you have to pay 40 Dollar please!"
40 Dollar für ein läppisches Kilo Übergepäck? Mein Blutdruck steigt fühlbar an. Ich spüre die

Zornesröte in meinem Gesicht. Die pulsierende Halsschlagader. Aber nicht mit mir. Nein, nicht mit mir! Um die Schlange am Check weiter zu verlängern, packe ich langsam meinen Koffer aus. Ich ziehe ein weiteres T-Shirt an, dazu die Daunenjacke, die ich in Sa Pa erworben habe. Ich lege mir je Handgelenk fünf der gestern gekauften Armbänder mit den riesigen Perlen an und packe alles langsam wieder ein.

Minus zwei Kilo, geht doch! Warum muss man eigentlich nur für Übergepäck bezahlen? Warum müssen die übergewichtigen Mitreisenden keinen Aufpreis bezahlen? Eine pauschale Gebühr ab einem Bodymaßindex größer 25 wäre angebracht. Oh je, ich müsste dann schon wieder bezahlen.

In Siem Reap - Kambodscha gelandet, eröffnet sich wieder eine neue Welt. Wir sind weit und breit der einzige Flieger am örtlichen International Airport. Schnell als neuer Fan in die Taxi-App Grab geguckt und zu einem Spottpreis ein Taxi zum Hotel gebucht.
O. K., ich bin ehrlich: Es ist kein Taxi, sondern ein TukTuk. Nicht mal ein standardgemäß landestypisches TukTuk, sondern ein waghalsiges Gespann. Der Rikscha ähnliche Anhänger sieht aus wie die Kutsche aus einem alten Italo-Western, mit dem sie nach dem Duellieren die Toten abtransportiert haben. Nur wird dieser nicht von einem Pferd, sondern von einem Roller gezogen.

Es ist ein riesiges Problem, unsere gesamten Koffer zu verstauen. Aber es funktioniert und alles passt schlussendlich rein. Mit ca. 25 km/h tuckern wir über die fahrzeug- und menschenleere Straße zu unserem Hotel. Mit nassen Haaren wären diese nach zwei Minuten trocken gewesen. Ein angenehmer, fast schon heißer Fahrtwind umströmt uns. Das Hotel ist ein typischer „Prospekt-Blender". Falls ich für den zweiten Teil der Neuverfilmung von Psycho eine geeignete Location benötige, habe ich diese soeben gefunden. Es ist immer wieder erstaunlich, was ein guter Fotograf bei gutem Licht für Bilder produzieren kann. Über das schrottreife Inventar tröstet uns ein toller Palmengarten mit Pool.

Ich würde gegen Aufpreis gerne ein größeres Zimmer haben. Die Antwort: „Sorry Sir, we are fully booked." Fully booked? Wir sind doch die einzigen Gäste in dem Schuppen! Vielleicht ist es auch das einzige Zimmer, das noch bewohnbar ist? Deswegen: „Fully booked"!
Ein Schild „Recommended by Tripadvisor 2002" spricht für die glamouröse Vergangenheit unserer Unterkunft. Dafür Personal ohne Ende. Zwei Damen am Empfang, die sich bei jedem Vorbeilaufen mit gefalteten Händen vor uns verbeugen. Zwei junge Typen öffnen sofort, als sie uns erblicken, die Eingangstüre. Der Poolboy fegt den ganzen Tag und winkt freundlich. Die Zimmermädels schieben ihren Wäschewagen im Gang auf und ab. Aber: keine weiteren Gäste.

Meine erste Amtshandlung: Umgebung erkunden und Getränke organisieren. Ich tu mich schwer. Hier verstehen und sprechen die Menschen sehr schlecht Englisch. Mit Händen, Füßen, Zeichen- und Bildsprache sowie Übersetzungs-App schaffe ich es, eine Tüte mit Dosenbier und Wasser „con Gas" zu beschaffen. Die Verkäuferin erklärt mir stolz, dass dies „German Beer" sei. Laut Aufdruck ist es nach deutscher Art in Kambodscha gebraut und nennt sich „Ganzberg". Mit noch größerem Stolz und Begeisterung zeigt sie mir, dass es ein Gewinnspiel gibt. Ich soll jeden Kronkorken gut ansehen, darunter ist ein Aufdruck, ob ich was gewonnen habe. Diese Art von Dosenverschlüssen wurden schon vor über 30 Jahren in Deutschland abgeschafft. Aber hier erfüllen sie noch ihren Zweck.

Zum Abendessen fahren wir ins Zentrum von Siem Reap. Der Verkehr wird mehr, läuft aber sehr gesittet ab. Kein sinnloses Überholen, kein Gehupe. Ja, niemand hupt. Sie fahren total rücksichtsvoll und nach den gängigen Verkehrsregeln.
In den Gassen und Straßen des Zentrums offenbart sich die kulinarische Vielfalt von Kambodscha. Gebratener Skorpion am Spieß, frittierte Taranteln, gegrillte Schlangen. Mein Hunger ist erstmal gestillt und ich entscheide mich für „Ganzberg Dosenbier" nach deutscher Brauart. Hurra, „one can free" steht unter dem Dosenverschluss. Ich stecke ihn zufrieden ein, was sich an den Folgetagen noch auszahlen wird.

Entlang der Straße befinden sich die üblichen Massage-Salons. In Kambodscha sind diese aber ein wenig kreativer und geschäftstüchtiger. Vor den Läden ein vergrüntes Aquarium mit Knabberfischen. Dafür nennen sie sich SPA, nicht Massage! Wie in Deutschland. Früher ging man zum Sanitär-Heizungs-Fachbetrieb. Heute nennen sich diese „Bad und Wellness"! Wo ist sie hin, die gute alte Zeit...?

Beim Buchen einer ganzen Stunde Füße baden im Sammelbecken mit Knabberfischen gibt es sogar eine Dose Bier gratis dazu. Hoffentlich der Marke Ganzberg!

Wie kann man nur seine vom Tag geschundenen Füße in diese Brühe stecken? Ein Gruppenbecken für alle. Durch das grüne Wasser sind die Fische fast nicht mehr sichtbar. Mir ziehen eklige Bilder von vollgefressenen Fischen durch den Kopf, die am Mundwinkel Nagelpilz und hinter ihren Kiemen Fußpilz haben. Ich laufe schnell weiter.

Eine große Überraschung! Wer sitzt in einem Restaurant mitten in der City von Siem Reap? Unsere Urlaubsbekanntschaft Rigobert und Lina aus Vietnam. Was sagt schon ein altes Sprichwort? Aller guten Dinge sind drei!
Ich liebe deutsche Sprichwörter. Zum Beispiel: Schäferhund hat Gold im Mund... usw.
Egal, es ist ein herzliches und unerwartetes Wiedersehen. Wir gesellen uns dazu, vernichten ein paar Dosen Ganzberg, erzählen Anekdoten von unserem Reiseverlauf und finden im Laufe des Abends die zwei immer sympathischer.

Tag 19: Sonnenaufgang Angkor Wat

Um 5 Uhr werden wir von einem persönlichen Guide plus TukTuk Fahrer abgeholt. Der Guide heißt Naga. Noch vor der Begrüßung sagt dieser: „First we have to buy tickets for the tempels. Two days 60 Dollar each." Waaaas will der Typ von uns? 60 Dollar Eintrittspreis von jedem? Warum habe ich in Deutschland bereits 150 Euro für eine zweitägige Tour gezahlt? Eintrittspreise inclusive. Könnte schon morgens kotzen. Ist mir aber mit leerem Magen ohne Frühstück nicht möglich. Wer zockt einen hier schon wieder ab? Der Reiseveranstalter oder das Königreich Kambodscha?

Die Idee mit dem Sonnenaufgang hatten andere auch. Tausende, ja, tausende Touristen versammeln sich vor dem Tempel, um dem Ereignis beizuwohnen. Crazy. Gelangweilt sitzen wir über eine Stunde, bis hinter den markanten Türmen von Angkor Wat die aufgehende Sonne rötlich erscheint. Alle halten planlos ihre Handys in die Luft, um dies festzuhalten. Ich gucke mir dies lieber live an und halte den Moment in meinen Gedanken fest, aber die negativen Gedanken überwiegen. Das hätte ich mir sparen können...

Das frühe Aufstehen hat sich dann doch gelohnt. In den weiteren Tempeln, die auf der Tour liegen, hält sich der Ansturm nun in Grenzen. Die Besucher verteilen sich auf die über 1000 Tempelanlagen. Mein persönliches Highlight: Der eingewachsene Urwaldtempel „Ta Prohm". Am Morgen herrscht hier ein geniales Licht. Die Eindrücke sind überwältigend. Wie sich die Natur ihren Lebensraum wieder zurückholt. Riesige Wurzeln der Dschungelbäume Tetrameles wuchern über die Tempelmauern. Ebenso beeindruckend, was vor über 1.000 Jahren von Menschenhand geschaffen wurde. Ohne technisches Gerät wie Kran, Bagger oder LKW. Wie haben sie die Steine so akkurat gesägt? Wie aus dem 60 Kilometer entfernten Steinbruch hertransportiert? Fragen, die ich im Nachgang mal googeln muss. Unseren Guide brauche ich jedenfalls nicht fragen. Er weiß zwar alles, aber seine Antworten in seinem sehr schlechten Englisch verstehe ich nur teilweise.

Zurück im Hotel muss ich zuerst meine immer noch anhaltende Koffeinsucht befriedigen. Bei glühender Hitze laufe ich entlang der Hauptstraße auf der Suche nach einem Café. Aussichtslos. Leerstehende Hotels, verfallene Lokale, illegale Müllhalten, ausgeschlachtete TukTuks, aber: kein Café. Die Coronazeit hat auch hier ihre Spuren hinterlassen. Ein cooler Ort, um ein paar „Lost-Place-Pictures" zu schießen. Jetzt aber nicht. Selbst mein iPhone beginnt schon zu glühen. Langsam schmelze ich in der Nachmittagssonne dahin. Wie sehr sehne ich mich nach den in Vietnam an jeder Ecke stehenden Kaffeehäusern. Was würde ich jetzt für einen leckeren Iced-Coffee geben? Ich hebe mit letzter Kraft die Hand und fahre mit einem rettenden TukTuk zurück zum Hotel.

Tag 20: Sundowner Angkor Wat

Heute können wir fast ausschlafen und nehmen auf der leeren Speiseterrasse unser Frühstück ein. Wieder alleine mit fünf freundlichen Damen und Herren des Hotelpersonals hinter ihren dampfenden Chrombehältern, die das köstliche Frühstück beinhalten. Ich frage mich, wer dies alles essen soll? Aber die zahlreichen Angestellten des Hotels wollen sicherlich auch verpflegt werden. Nach mehreren Tagen Frühstück „Fried-Rice with Vegetable" habe ich mich heute für „Only Fruits" entschieden.
Der Guide Naga im Duett mit seinem Fahrer wartet bereits im TukTuk auf uns.

Heute steht die große Tempelrunde auf dem Plan. Wie am Vortag geht es von einem beeindruckenden Tempel und einer Steinbergwüste zum nächsten Relikt des UNESCO Weltkulturerbe. Naga erklärt uns übereifrig die Bedeutung der steinernen Wandreliefs. Leider verstehe ich nicht alles. Sein Englisch ist einfach zu schlecht. Auf der Fahrt zur nächsten Anlage führt der Weg abseits der Straße über einen holprigen, unbefestigten Trampelpfad. Wir schlucken den roten Staub und bleiben auf einer minimalen Steigung stehen. Das Moped, das das TukTuk zieht, ist mit seinen 50 ccm einfach zu schwach für vier Personen. Wir steigen aus und schieben unser Gefährt das restliche „Hügelchen" hoch. Vorbeifahrende, mit einem stärkeren Motor ausgerüstete Fahrzeuge amüsieren sich köstlich über unseren wohl sehr lustigen Anblick!

Mittagspause! Naga setzt uns an einem verlassenen Kiosk mit angrenzendem Restaurant ab. Schon beim Blick in die Speisekarte ist mir der Appetit vergangen. Preis Faktor 3 zu vergleichbaren „Buden"!
Ich überlege nun ernsthaft, die Kabel Eins-Sendung „Achtung Abzocke" nach unserer Rückkehr in Deutschland zu kontaktieren. Um meinen Frust zu betäuben, bestelle ich mir ein 3-mal zu teures Ganzberg-Dosenbier. Es kommt geöffnet. Nicht mit mir! Nicht mit mir denke ich. Jetzt ist auch noch meine Vorfreude auf einen eventuellen Gewinn hinüber. Sicher kennt die gute Dame das Gewinnspiel und will sich an meinem Dosenverschluss bereichern. Ich krame aus meinem Brustbeutel den Verschluss vom Vortag mit dem Gewinn meines „Freigetränkes" und übergebe diesen der Bedienung: „Sorry Madam: one free can, please!"

Ihre Augen hättet ihr sehen sollen. Diese fragenden Augen. Innerlich amüsiere ich mich köstlich und komme sehr schnell über den Frust der Abzocke hinweg. Unsere Mittagspause soll zwei Stunden dauern. Wir dürfen ein landestypisches Lager mit Hängematten benutzen, in dem auch die ganzen Fahrer und Guides bereits ein Schläfchen abhalten. Es sieht aus wie der Stall von Bethlehem. Nur haben sie das Dach aus Palmwedel gegen rostiges Wellblech ausgetauscht. Meine Hängematte ist an einem morschen Balken befestigt. Hoffentlich hält der auch einen leicht übergewichtigen Europäer wie mich. Hier waren sicherlich schon der Ochs und Esel von Maria und Josef angekettet. Jetzt kommen gleich die drei vietnamesischen Könige um die Ecke und opfern mir Weihrauch und Myrre. Durch meinen ständigen Dosenbierkonsum sehe ich mittlerweile aus wie Buddha nach seiner Reinkarnation.

Die Mittagsruhe wird von einem nicht ganz so melodischen Klang eines „Orchesters" gestört, das hier an jeder Ecke sitzt. Egal ob vorm Restaurant, Tempeleingang oder Tempelausgang: Die Minenopfer geben an Ihren Instrumenten alles. Ein jämmerlicher Sound, Körperverletzung für die Ohren.

Es gibt in Kambodscha sehr viele Opfer durch übrig gebliebene Landminen vom Krieg der „roten Khmer" in den 70er-Jahren. Diese stehen an vielen Touristen-Hotspots und machen Musik. Sie versuchen es jedenfalls. Vor ihrer hölzernen Plattform platzieren sie noch ihre Prothesen, um wirklich auch den letzten Touristen zum Spenden weichzuklopfen. So wie diese Gruppe aussieht, so hört sich auch der Klang ihres gemeinsamen Spieles an....

Den Sonnenuntergang genießen wir auf dem Tempel „Pre-Rup". Dieser befindet sich auf dem höchsten Hügel der Region. Da dieser Tempel etwas abgelegen liegt, wird er wenig von Touristen, dafür mehr von den Einheimischen besucht. Hier sind wir die Attraktion und ein begehrtes Fotomotiv. Die Aussicht ist gigantisch. Volle Sicht bis zu den entfernt gelegen Türmen von Angkor Wat, die den Dschungel überragen. Dafür hat sich der einstündige Aufstieg bei 36 Grad und 90% Luftfeuchtigkeit gelohnt!

Am nächsten Morgen geht es per Flug wieder zurück nach Vietnam.

Tag 21: Anreise Phu Quoc - Vietnam

Die Nacht in unserem „Psycho-Hotel" in Siem Reap war der Horror. Woher kommen die quietschenden und lauten Geräusche? Ein typisches Geräusch von Stuhl- und Tischerücken, wie man es aus den Hotels kennt. Nur nachts um 4 Uhr? Ich bin überzeugt, wir sind fast die einzigen Gäste. Dann können dies nur die Angestellten sein. Vielleicht halten sie eine Seance ab? Mit Tischrücken rufen sie nach ihren zahlreichen Geistern und Göttern. Das Klopfen ist die Antwort von Shiva, Vishnu, Garuda oder Brahma.

Unser per Grab-App bestellter Fahrer kommt mit einem geschlossenem TukTuk indischer Herkunft. Mit Ach und Krach quetschen wir unsere Koffer in das Fahrzeug. Theoretisch ist kein Platz mehr für uns. Wider Erwarten sitzen wir fünf Minuten später mit unseren Koffern auf dem Gefährt und zockeln zum Airport. Auf Grund der Erfahrung mit dem Übergepäck von der Anreise sind wir ausreichend schwer gekleidet und alles klappt problemlos. Das Gewicht unseres Reisegepäcks hat niemanden interessiert. Jetzt können wir unsere Daunenjacken wieder ausziehen! Dafür will ich heute mal den Sicherheitscheck ausführlich testen. Die arbeiten gut! Leider erkennen sie beim Scannen meine im Bordcase lagernde Bierdose der Marke „Ganzberg", die ich extra aus der Minibar mitgenommen habe. Bevor ich diese in einem Zug leere, blicke ich als erstes unter den Verschluss: Leider nichts gewonnen. Der Flug auf die Insel Phu Quok kann starten.

Ein vierstündiger Zwischenstopp in Saigon steht an. Vor drei Wochen hätte ich mich aufgeregt und darüber geärgert. Heute nehme ich dies dankbar an und schreibe entspannt an diesen Zeilen.
Um 17 Uhr landen wir am Airport in Phu Quok (sprich: Fuh Kok).

Um 18 Uhr sitzen wir pünktlich zum ersten Sundowner am Strand. Eine tolle Atmosphäre. Bequeme Holzliegen, keine Sonnenschirme, da die Palmen den benötigten Schatten spenden.
Ab heute beginnt der Relax Urlaub. Neun Nächte auf dieser tollen Insel - Füße hoch und einfach nichts tun. Kein Fahrer wartet in aller Frühe auf uns, keine Eintrittstickets organisieren, kein Massentourismus. Herrlich!

Nach dem ersten Cocktail zum Sonnenuntergang beziehen wir unseren freistehenden Bungalow mit Outdoor-Badezimmer. Coole Sache, so ein freistehender Bungalow. Keine störenden Geräusche aus den Nachbarzimmern. An das Moskitonetz um das Bett muss ich mich erst gewöhnen. Aber die kleinen Plagegeister gehören hier wie Haustiere dazu. Nach drei Wochen in Asien nehme ich die Stiche gar nicht mehr wahr. Dafür liegt die Anlage in einem großartigen Paradiesgarten mit Palmen, blühenden Sträuchern und duftenden Blumen dazu noch die Poolanlage mit Infinity Pool und direktem Blick zum Meer.

Tag 22

Der Entspannungs- und Badeurlaub in Phu Quoc kann beginnen.

Die erste Nacht war gigantisch. Ich habe lange nicht mehr so gut geschlafen. Diese Ruhe! Kein Hupen, kein krähender Hahn, kein quietschendes Tischerücken. Nur der Klang der Natur, zwitschernde Vögel und zirpende Grillen.

Nach dem Aufstehen geht's zur Morgentoilette in unser extra dazugebuchtes Outdoor-Badezimmer. Dass auch die Toilette im Freien ist, habe ich nicht bedacht. Irgendwie komisch. Beim Gang aufs „Stille Örtchen" fühle ich mich beobachtet. Bei der Fertigstellung dieser Anlage hat es sicherlich die umliegenden, sehr hohen Hotels noch nicht gegeben. Aber man gewöhnt sich an alles und nach erfolgreichem Geschäft muss dafür kein Fenster geöffnet werden…

Das Frühstücksbüffet ist aus der Vielzahl der vergangenen Hotels mit Abstand das Beste. Eine große Auswahl an landestypischen Gerichten, aber auch europäische Speisen werden uns angeboten. Unglaublich, wie man sich nach drei Wochen wieder über einen normalen Jogurt freuen kann. Ein gewöhnlicher, weißer Jogurt ohne alles!
Und das Allerbeste: Kein Guide, der in der Lobby auf uns wartet. Keine Ausflüge, keine Termine!

Auf an den Strand! Keine, keine einzige Liege ist mit Handtüchern reserviert, das gibt's doch gar nicht, obwohl im Ressort viele deutsche Urlauber sind. Hat in den typischen Urlaubsländern wie der

Türkei oder Ägypten eigentlich noch niemand darüber nachgedacht, den deutschen Touristen gleich am ersten Urlaubstag das Handtuch mit Namen zu bedrucken? So gibt's am Pool beim Kampf um die begehrten Liegen keine Verwechslungen mehr. Obwohl, normal fragen Sie vorher: „Where do you come from?"

Kommt als Antwort „Germany", müsste die zweite Frage: „Wolle Handtuch mit Name kaufen?" lauten. Wäre doch mal was anderes, außer das typische: „Hello Sir! Do you want to buy something?" zu fragen.

Nach 15 Minuten auf der Liege frage ich mich: Wie bekomme ich den Tag rum? Wie überlebe ich die Langeweile der nächsten acht Tage? Meine innere Unruhe ist wieder zurück! Vielleicht laufe ich zur nächsten Apotheke und kaufe mir Ritalin. Aber ich entschließe mich erstmal zum Nichtstun und es anzunehmen. Einfach mal NICHTS, gar NICHTS machen.

Langsam komme ich den Flow. Stimmt es? Ist es schon 18 Uhr? Stress pur, Zeit für den täglichen Sundowner.

Ich entscheide mich an der Hotelbar für einen Mojito. Der sieht leider aus wie grüner Tee mit gehäckselten Minzblättern. Dieselbe Temperatur wie grüner Tee hat er jedenfalls. Das Zeug erinnert mich an den Brennnesselsud, mit dem mein Vater früher das Gemüse gegossen hat. Düngung und Unkrautvernichtung in einem. So fühle ich mich jetzt auch nach diesem Drink. Für den Preis hätte ich mir auch fünf Dosenbier leisten können.

Tag 23

Heute Nacht war in Deutschland Zeitumstellung. Zum Glück gibt es diese in Vietnam nicht. Je älter ich werde, desto länger muss ich an deren Auswirkungen knabbern. Warum hat man diese noch nicht abgeschafft und behält die Sommerzeit für immer? Die EU diskutiert doch schon länger darüber.

Sofort geht's nach einem ausgiebigen Frühstück an den Strand. Das morgendliche Licht um 9 Uhr ist einfach herrlich. Diese Farbenpracht. Das kräftige Grün der Pflanzen im Kontrast zum Blau des Meeres. Gigantisch - es macht etwas mit meiner Psyche. Heilung durch Lichttherapie? Oder ist es die durch ständige Sonneneinstrahlung erhöhte Vitamin D-Produktion? In Summe denke ich: beides. Ich benötige kein Spotify, um mir irgendwelche Entspannungs- oder Meditationsklänge reinzuziehen. Wer braucht schon eine CD mit Klängen singender Wale, onanierenden Mönchen, die dabei Mantras summen und mit ihrer freien Hand auf eine scheppernde Klangschale klopfen? Irre, mit was man alles Kohle machen kann. Vielleicht sollte ich auch mal so eine CD aufnehmen? Die Geräusche verschiedener Toilettenspülungen und diese dann als „Sound from the waterfall" vermarkten.

Das Meeresrauschen, der warme Wind und das Lichterspiel wirken beruhigend auf mich und senken meinen Blutdruck. Diesen sollte ich auch mal wieder messen. Oder ich spüle gleich meine blutdrucksenkenden Tabletten im WC runter und nehme diesen Klang mit auf, für meine neue CD.

Giftiges Zeugs mit abartig vielen Nebenwirkungen. Im WC herunterspülen? „NEIN, nicht hier in Vietnam!" geht mir durch den Kopf. Sicherlich leiten sie das Abwasser direkt ins Meer. Ich möchte nicht daran schuld sein, wenn die Wale nicht mehr singen und den Fischern die Lebensgrundlage geraubt wird.

Bevor die Liege durch mein Übergewicht noch mehr im Sand versinkt, mache ich einen Strandspaziergang. Unser Hotelabschnitt ist mit großem Abstand der Schönste. Aber bereits 500 Meter neben unserem Traumstrand befindet sich das blanke Entsetzen. Leerstehende Hotels laden zur Neuverfilmung von Psycho 3 ein. Ich erfahre, dass einige Hotels den Lockdown durch Covid nicht überlebt haben. Dementsprechend ungepflegt und naturbelassen ist auch der davorliegende Strand. Natur? Sagte ich naturbelassen? Hier kann man ein Industriemuseum errichten. Thema: Welche Gegenstände können alle aus dem Wunderwerkstoff Kunststoff produziert werden.

Der Strand ist übersäht mit:
Plastikgeschirr jeglicher Art
Trinkbechern
Strohhalmen
Plastikstühlen
Reste von Fischernetzen
Badelatschen
leeren Sonnencremetuben
Lippenstifte
Chipstüten
Styropor-Behältnissen von Fast-Food-Ketten
Plastiktüten

Zahnbürsten
Kanistern
Plastikeimern
Einwegwindeln
FFP3-Masken
Plastikflaschen

Sogar Kondome liegen hier! Diese sollte man den Erzeugern für den gewaltigen Missbrauch unseres Planeten überstülpen, damit diese Umweltfrevel sich nicht weiter vermehren können. Es überkommt mich wieder eine innere Wut, kombiniert mit einer tiefen Traurigkeit. Ja, und mir ist bewusst: Ich bin ein Teil dieses Systems - kann aber auch ein Teil der Lösung werden.

Tag 24

Irgendwie gewöhne ich mich langsam an die Entspannung auf der Liege. Das herrliche Licht ist unverändert und fährt mich runter.
Im Koffer finde ich noch die Zeitschrift: „Men's Health", die ich nun ausführlich studiere. Ein Artikel über die Midlifecrisis hat es mir angetan. Diese trifft angeblich alle Männer Ü-40. Der Artikel soll Ideen liefern, wie man einen Ausweg aus dieser findet und seine zweite Lebenshälfte mit frischem Wind in Beruf und Privatleben gestalten kann.

Bin ich mit Ü-50 immer noch davon betroffen? Man soll seine zehn engste Freude jeweils fünf Begriffe aufschreiben lassen, die einen treffend charakterisieren. Kommt vermehrt der Begriff: „großzügig" vor, so soll man beispielsweise eine Wohltätigkeitsorganisation gründen.
Zehn enge Freunde? Habe ich überhaupt so viele? Wen möchte ich befragen? Mein inneres Orakel offenbart mir schon vorher einige Begriffe, wie: Kreativ, sparsam, konsequent usw...
Was mache ich daraus? Welche Organisation gründe ich? Ein Internetforum mit Spartipps? Keine Ahnung.

Eine Seite weiter eine riesige Werbeanzeige: Besserer Sex mit nachhaltig und fair produzierten Kondomen aus Latex von ökologischem Landbau.
Ich erwische mich gerade ernsthaft bei dem Gedanken, nach meiner Rückkehr in Deutschland eine Packung zu kaufen.

Seit Jahren verwenden wir keine Kondome mehr. Habe ich deswegen schlechteren Sex? Schnell wird mir bewusst, dass diese Anzeige gezielt nach dem Artikel der Midlifecrisis platziert wurde und ich blättere weiter.

Tag 25

Langsam verschwindet der Nebel wieder aus meinem Kopf und ich werde übermütig. Für umgerechnet vier Euro pro Tag leihe ich einen Roller vom Hotel. Ist dieser eigentlich versichert? Nummernschild hat er jedenfalls keines. Ich mache die Dame an der Rezeption darauf aufmerksam, dass die Kontrollleuchte fürs Öl rot leuchtet. Das übliche: „Sorry Sir, no Problem!" soll mich beruhigen. Das wichtigste Teil funktioniert jedenfalls: die Hupe. Im Mietpreis sind zwei der Plastik-Halbschalenhelme Modell „Hello Kitty" enthalten.

Erstes Ziel: der Wasserfall Suoi Tranh. Nach zwölf Kilometern haben wir diesen auch schon erreicht. Ich bin so nassgeschwitzt, dass man mein T-Shirt auswinden könnte. Aber nicht von den Temperaturen: Es ist der Angstschweiß! Die Fahrt auf dem Roller ist für mich die Hölle. Mit 40 km/h zockeln wir auf einer Art Standstreifen. Es erfordert höchste Konzentration. Roller überholen einen rechts und links, kommen einem in falscher Fahrtrichtung entgegen. Dazu die suizidgefährdeten Hunde, die einfach auf der Straße liegen und sich von nichts aus der Ruhe bringen lassen. Ebenso die Qualität der Straßen: Schlaglöcher, in denen man verschwinden kann. Hinzu kommt der Dreck und Sand, der vom Seitenstreifen weit in die Straße hereinreicht und damit das Fahren viel gefährlicher macht.

Für den Wasserfall muss man natürlich auch Eintritt bezahlen. Nichts los, denken wir und nehmen dafür den Eintrittspreis und die 40

Minuten Fußmarsch bei 35° und 85 % Luftfeuchtigkeit bis zum Wasserfall in Kauf. Nun die nächste große Enttäuschung: Es ist „dry Saison". An den Felsen läuft kein Tröpfchen Wasser herunter. Langsam wird mir klar, warum wir fast die einzigen sind, die zu dieser Sehenswürdigkeit aufgebrochen sind.

Am Abend geht es mit unserem neuen, knallroten Spielzeugroller auf den Nightmarket. Oh je, das Rücklicht funktioniert nicht. Egal, die anderen fahren teilweise ganz ohne Beleuchtung. Dafür hupe ich regelmäßig. Die Marktstraße strahlt und blinkt im grellen Neonlicht. Der Nightmarket setzt sich ausfolgenden Gewebebetrieben zusammen:

- Verkaufsstände mit Erdnüssen. Frisch geröstete Erdnüsse. Nichts anderes. Die Verkäuferinnen lassen einen ausgiebig probieren und ihre Kolleginnen schwenken im Hintergrund wie Cheerleader Plakate mit der Aufschrift „60 % Diskont"

- Speiserestaurants, spezialisiert auf Fisch, Krabben, Muscheln und Krebse. In riesigen Aquarien werden diese lebend präsentiert und für den Kunden frisch zubereitet. Einige Fische sind wohl sehr sportlich und üben sich im Rückenschwimmen…

- Andenkenläden mit Korbwaren und Perlenschmuck

- die üblichen Massagesalons

Das war's. Ein Verkaufsstand nach dem anderen der aufgezählten Waren. In Summe habe ich acht Shops mit Erdnüssen und zehn Fischrestaurants gezählt. Eine herbe Enttäuschung macht sich breit. Also schnell mit dem roten Flitzer zurück ins Hotel und auf der Terrasse vor unserem Zimmer ein paar Saigon-Dosenbier vernichten.

Das alkoholisierte Blut schmeckt auch den Mosquitos. Vor lauter um mich schlagen, komme ich nicht mehr zum Trinken. Vergesst „Autan Tropical"! Das lockt die Viecher noch mehr an.

Tag 26

Wir googeln die schönsten Strände von Phu Quoc. Der Strand „Bai Sāo" soll echt sehenswert sein. Tolle Fotos im Internet. Aber mit Fotos ist das ja immer so eine Sache. Aber warum nicht? Auf den Roller und los. Heute fällt mir dies schon viel leichter. Nur mit FlipFlops, Shorts und ohne Helm düsen wir los. Ich überhole die anderen rechts und links, fahre entgegen der Fahrtrichtung und genieße die Fahrt. Ist mein „Easy-Rider-Gen" zurück? In meiner Jugend bin ich mal Chopper gefahren. Heute fühle ich mich frei und cruise wie ein Hells Angel auf dem Roller durch Vietnam.

Google hat nicht zu viel versprochen. Ein Kilometer langer Strand aus feinstem, weißem Sand. Kristallklares Wasser. Eine Sandbank lässt das Meer in sämtlichen Türkistönen strahlen. Ein Traum. Ein Gefühl zwischen Malediven und Karibik. Einfach nur der blanke Wahnsinn. Im Hintergrund eine Wand aus Palmen. Kein Massentourismus, keine Hotels, nur ein Paar Strandbuchten mit Liegestuhlverleih und Dosenbierverkauf. Ja, das ist für mich Urlaub in Perfektion!

Durch die ganze Euphorie vergaß ich heute den Sonnenschutz. Ich habe mich so verbrannt, dass ich farblich von unserem roten Roller kaum zu unterscheiden bin.

Rückzug zur Dusch- und After-Sun-Orgie ins Hotel! Nach kurzer Fahrt aber ein lautes Puff-Peng und der Roller kommt sofort ins Schlingern.

Reifen geplatzt! Zum Glück bin ich wegen der anbrechenden Dunkelheit nicht schnell unterwegs und bekomme ihn sicher zum Stehen.

Was nun? Ein Anruf im Hotel, Standort per WhatsApp gesendet und warten. Die Wartezeit verbringen wir an einer Art Kiosk. Die Verkäuferin versteht uns Null. Wir suchen uns einfach was Ess- und Trinkbares zusammen und bezahlen. Die Chips sind bereits 2021 abgelaufen, dieses haben wir leider zu spät bemerkt. Aber egal: MHD wird sowieso überbewertet. Das nachgemachte Fanta ist pappsüß und ungenießbar. Dann lieber schnell noch `ne Dose Tiger-Beer.

Bereits 55 Minuten später steht ein komplett neuer Roller vor uns. Das Hotelteam hat superschnell reagiert – Respekt. Erst 50 km auf dem Tacho. Sogar das Rücklicht funktioniert. Ein Roller mit Funkschlüssel. Wusste gar nicht, dass es sowas gibt. Das nenne ich mal Service.

Weitere fünf Kilometer später der nächste Nothalt. Ein auf gleicher Flughöhe befindliches Rieseninsekt raubt mir kurzzeitig das rechte Augenlicht. Um nicht ganz zu erblinden, setze ich mir für die restlichen 25 Kilometer die Sonnenbrille auf. Es ist stockdunkel. Halb blind erreiche ich im Fahrstil von Stevie Wonder unser Hotel.

Tag 27

Da es uns am Vortag an dem Traumstrand so gut gefallen hat, haben wir beschlossen, nochmals dorthin aufzubrechen. Kurz noch an einem Kiosk anhalten, um unseren Wasser und Dosenbiervorrat aufzufüllen. Leider konnte ich die Breite meines Zweirads inklusive Beifahrerin schlecht einschätzen und habe vor dem Kiosk eine Betonbank gestreift. Nicht mit dem Roller, sondern mit dem kleinen Zeh von Nicole. Dieser steht nun im 90 Gradwinkel ab und blutet extrem. Die freundliche und hilfsbereite Verkäuferin bringt sofort eine Packung Pflaster. Und nun? Krankenhaus? Gibt es auf der Insel überhaupt eines? Wenn ja, Entfernung? Ich beschließe, das Übel selbst in den Griff zu bekommen. Doktor Tom am Start! Ein Tapeverband mit Fixierung am nächsten Zeh und weiter geht die Fahrt. Mein aufgefrischter Erste-Hilfe-Kurs macht sich bezahlt. Nun weiter nach den Regeln des Straßenverkehres und Sicherheitsabstand zu allen Gegenständen und Fahrzeugen, soweit dies jedenfalls möglich ist, bei rechts überholenden Rollern und dem chaotischen Verkehr.

Nach zehn Minuten werden wir von einer Polizeistreife angehalten. Wo kommen die her? Sind sie der Blutspur gefolgt? „Driver License?" fragt mich der Beamte in seiner Retro-Uniform. Ist der überhaupt echt? Frage ihn lieber nicht nach seinem Dienstausweis. Die Uniform sieht jedenfalls aus wie ein Übrigbleibsel aus dem Vietnamkrieg.
„Driver License?" Ja, die liegt im Zimmersafe des Hotelzimmers. Nach einer Strafe von umgerechnet

vier Euro dürfen wir weiterfahren. Wir bekommen eine Quittung, die den ganzen Tag „zum Fahren ohne Führerschein" berechtigt. Sowas gibt's, glaube ich, nur in Vietnam.

Endlich an unserer neuen Traumlokation, dem Strand von Bai São, angekommen, wird schnell eine Plastiktüte zum Schutz von Nicoles Fuß organisiert. Sand in der Wunde fördert nicht die Heilung. Dies fällt nicht schwer. Es liegen ja genügend herum, denn jeder Händler steckt alles, sogar den kleinsten Pups in eine Plastiktüte. Ich verweigere diese beim Einkaufen vehement und habe meinen Wäschebeutel aus Stoff zum Einkaufsbeutel umfunktioniert und immer dabei – daran kennt man sofort deutsche Touristen.

Ins Meer? Ich schon, Nicole leider nicht. Ich habe ein mega schlechtes Gewissen.

Nach einer Stunde am Strand und Meer wird mir wieder bewusst: Ich bin kein reiner Strandurlauber. Ich brauche ein bisschen Abwechslung. Das Nichtstun frisst mich auf. Alle erdenklichen Zeitschriften und Bücher sind mittlerweile „leergelesen". Also spaziere ich vom Strand weg, querfeldein und gucke mir das Hinterland an. Blechhütten, ohne WC. Die komplette Familie schläft in einer Hütte, dem einzigen Raum, auf Bambusmatten am Boden. Gekocht wird vor der Hütte auf einer Art Feuerstelle, geschlichtet aus Backsteinen.

Die mageren Hühner rennen alle frei herum. Die sind so dürr, dass sie nur noch als Suppenhuhn taugen. Der Müll wird einfach vor der Hütte verbrannt. Es schockiert mich nicht mehr. So ist das Leben abseits der Stadt halt. Was können wir von diesen Menschen lernen? Sie sitzen zufrieden vor Ihre Hütte und sind glücklich. Grüßen mit einem freundlichen „Sin Ciao" und leben in den Tag hinein. Abends verkaufen sie vielleicht ein paar Erdnüsse und Früchte aus Ihrem Garten an die Touristen am Strand, um sich so einen Roller zu finanzieren. Kaufpreis ca. 1.000 Euro für ein Neufahrzeug japanischer Herkunft. Früher hieß es in Vietnam: Kaufe zuerst den Wasserbüffel und heirate danach. Heute heißt es: Kaufe dir zuerst den Roller und heirate dann.

Tag 28 - Ein Tag am Pool (dachte ich)

Es ist leicht bewölkt. Um mal vom Rollerstress Abstand zu nehmen, bleiben wir am Pool. Vorerst jedenfalls. Ab 11 Uhr sind die Natursteinfliesen so heiß, dass man hier Eier braten könnte. Mich wundert, dass die Sohlen der FlipFlops auf dem Weg ins Wasser nicht schmelzen. Glasklar und echt gepflegt. Aber Erfrischung? Der Pool hat gefühlte 38 Grad. Warum eigentlich? Gehen alle zum Pinkeln statt ins Meer in den Pool? Bei dem Gedanken schüttelt es mich! Ich bin ein überzeugter „Nicht in den Pool und nicht in's Meer Pinkler"!

Um die Mittagszeit ist die Hitze so unerträglich, dass auch der Rückzug unter die Palmen am Strand keine echte Abkühlung mehr ist. Selbstverständlich und in guter deutscher Manier habe ich schon gleich morgens unsere Wunschliegen am Strand und parallel dazu am Pool reserviert. Eine Fortbewegung ist selbst mit Badelatschen wegen des glühenden Sandes nicht mehr möglich. Gefangen auf unserer Liege googeln wir mal, was man auf dieser Insel noch so alles anstellen kann. Was haben wir früher eigentlich ohne Google gemacht? Auf die veralteten Reiseführer in gedruckter Version vertraut? Wie haben wir damals unser Ziel gefunden? Mit zerrissenen Landkarten und geschiedenen Ehen wegen Rechts-Links-Schwäche?
Dank technischen Fortschrittes finden wir schnell ein nahegelegenes Ziel. Den Strand des Hotels: „Sunset Sanato Beach". Ein Instagram Hotspot. Ein geschäftstüchtiger Vietnamese hat einen Strand, abgelegen vom Zentrum, in eine Goldgrube

verwandelt. Hier befinden sich riesige Objekte und Gegenstände, die aus einem Stahlgerippe mit Korb oder Palmstroh umflochten, hergestellt wurden. Elfen, Meerjungfrauen und sogar eine Elefantenherde oder hängende Körbe, die durch die langen Fäden wie Quallen wirken, stehen im Wasser oder sind über einen Steg ins Meer hinaus gebaut. Auch eine Treppe übers Wasser, die ins Nichts führt. Hier entsteht gerade mein absolutes Lieblingsfoto. Aber oben auf der Treppe wackeln mir die Knie. Es ist sehr windig und die Konstruktion dieser Treppe ist zudem noch extrem wackelig. Beides zusammen löst in mir eine angsteinflößende Schwankung aus. Rückwärts, auf allen Vieren, krabble ich wieder herunter.

Um in den Genuss dieser Fotoobjekte zu kommen, zahlt jede Person 100k (4 Euro) Eintritt. Wenn einen der Durst quält, kommen doppelte Getränkepreise noch hinzu.

Um 16 Uhr ist noch nichts los, alles menschenleer. Ich mache mega Fotos mit dem iPhone. Gegen die Sonne fotografiert hat man Schattenkonturen, die die Figuren fast lebendig wirken lassen. Künstlerisch: Prädikat wertvoll!

Ab 17 Uhr wird es dann voll. Die Bevölkerung des asiatischen Kontinentes liebt es, sich vor Objekten fotografieren zu lassen. Es ist der reine Wahnsinn. Hunderte Menschen bevölkern nun den Strand und stehen Schlange vor den begehrten Fotomotiven. Ein Schnappschuss ohne Menschen von den schönen Figuren ist nicht mehr möglich. Ein Bilderbuch-Sonnenuntergang in Perfektion läuft gerade vor uns ab. Die Sonne strahlt in

sämtlichen Orangetönen und erleuchtet das Meer. Die angestrahlten Elfen und Fabelwesen haben nun eine besondere Magie. Ja, die Tour hat sich wirklich gelohnt.

Dafür rattert es gerade wieder in meinem Hirn. Die Zahnräder greifen gut ineinander und funktionieren. Ich bekomme den Gedanken einfach nicht aus dem Kopf, auch in Deutschland so einen Insta-Hotspot aufzubauen. In meinem Heimatort? Am Fluss Sulzach? Oh je: deutsche Behörden.... Was, wenn einer ins Wasser fällt? Absperrungen bauen, Bauzaun errichten... Halten die Figuren der deutschen Witterung stand? Schneelast im Winter? Securityüberwachung? Vermehrt auftretende Stürme durch den von uns verursachten Klimawandel? Gibt es in ein paar Jahren Instagram noch? Facebook ist auch schon Tod! Typisch Deutsch! In meinem Kopf reift gerade eine Idee, aber bevor der Funke ein Feuer entfachen kann, wird das Feuer durch das typische: „ja, aber...?!" wieder gelöscht.
Aber es rattert weiter. Ich kehre zur alten Stärke zurück!!! Soll ich hier mal den Kontakt zu dem Erbauer der Figuren suchen? Export nach Germany möglich? Wie mache ich das mit dem Eintritt? Ein Drehkreuz mit Münzeinwurf? Veraltet! Die neue, junge „Generation Z" zahlt sicher per PayPal oder implantiertem Chip und bekommt einen Zugangscode per WhatsApp gesendet.
Schnell noch ein überteuertes Dosenbier, um der Kreativität weiter Nahrung zu geben. Wie nenne ich meinen Insta-Hotspot? Sulzach-FEUer? Für unser KFZ-Kennzeichen FEU? Ein Termin beim Stadtrat muss her!

Tag 29

Heute ist mein 54. Geburtstag.

Ich beschenke mich selbst mit einer einstündigen Massage am Strand. Schließlich muss man den stärksten Wirtschaftszweig Vietnams auch mal unterstützen. Ich lieg aufgebahrt auf einer hölzernen Lazarettliege. Wäre diese aus Edelstahl, könnte diese auch im Keller eines Bestatters stehen. Nach ein paar Minuten druckvoller Streicheleinheiten und dem Klang des Meeres falle ich in einen Tiefschlaf. Schweißgebadet (durch die Sonne) wache ich auf. Ich träumte, dass sich einer meiner zahlreichen Moskitostiche entzündet hat und ich mich mit Malaria im Fieberwahn befinde. Tatsächlich jucken und brennen meine Stiche durch das verwendete Massageöl nun extrem. Fazit: Kann man nochmal machen, muss man aber nicht!

54 Jahre alt? Wo habe ich eigentlich die Zeitschrift Mens Health hingelegt? Ich möchte mir den Artikel mit der Midlifecrisis nochmal ausführlich durchlesen. Wie lange geht diese überhaupt? Meine These ist ja: Ich befinde mich in den Wechseljahren des Mannes. Laut Internet gibt es diese nicht. Ich sage: doch!
Der Testosteronspiegel sinkt wieder auf das Niveau eines Zehnjährigen. Die Kopfhaare werden weniger, dafür an anderen Körperstellen mehr. Stimmungsschwankungen und Gewichtszunahme. Nachts aufwachen und grübeln. Man denkt öfter über das Sterben nach. War es das im Leben? Will ich so weitermachen? Ab wann kann ich in Frührente? Diese ganzen Fragen haben

sicherlich mit dem sinkenden Hormonspiegel zu tun! Wenigstens hält meine Blase noch bis in die Morgenstunde durch.

Vielleicht ist es meine Bestimmung, eine Selbsthilfegruppe zu gründen? Männliche Leser, die Interesse haben, bitte melden!

Tag 30 - Heimflug

Da am heutigen Tage unser Visum ausläuft, treten wir planmäßig die Heimreise an.

Im Flugzeug ziehe ich mir erstmal einen Film rein. Schon erstaunlich: 30 Tage ohne jegliches Fernsehen und nichts vermisst. Warum auch? Was läuft heutzutage? Prinz Charming, Germanys Next Top Modell, Naked in Paradies, Sommerhaus der Stars usw. Dazu Nachrichten, Schreckensnachrichten aus aller Welt. Hier muss man(n) doch depressiv werden! Netflix hat mir mein Sohn schon mal eingerichtet und installiert. Bis jetzt habe ich es aber technisch noch nicht geschafft, einen Film zu starten.

Ich entscheide mich für Top Gun Maverick. Der zweite Teil des Klassikers aus den Achtzigern. Fehler! Wie macht das Tom Cruise nur? Der Typ sieht mit seinen 60 Jahren immer noch so verdammt gut aus wie im ersten Teil. Hat er seine Wechseljahre noch vor sich? Verschreibt ihm sein Urologe Hormone? Muss ich nun Scientology beitreten, damit ich ebenfalls mit so einem Körper belohnt werde?

Beim Rückflug habe ich viel Zeit, intensiv über die letzten Wochen und Erlebnisse nachzudenken. Schon am Vorabend beim Packen meines Rollkoffers ist mir bewusst geworden: Ich schleppe viel zu viel Ballast mit mir herum!

Von den 20 T-Shirts habe ich nur acht benutzt. Meine Lieblingsshirts! Diese wurden nach Gebrauch mit „Rei in der Tube" im Waschbecken gewaschen, oder für 2 Euro pro Kilo im vietnamesischen Kiosk maschinell gereinigt. Die unbenutzten lagen schon zuhause jahrelang sinnlos in meinem Schrank herum.

Wie viele meiner drei kurzen Hosen habe ich getragen? Eine! Meine Lieblingsjeans!

Warum schleppe ich zwei Paar Flipflops und ein paar typisch deutsche Outdoorsandalen mit nach Vietnam? Die Schuhe kommen doch eh von dort und ich hätte diese in Vietnam günstiger erwerben können als in der Heimat.

Eigentlich hätte ich die meisten Klamotten auch dort entsorgen können. Der vietnamesischen Arbeiterwohlfahrt spenden? Dem vietnamesischen Roten Kreuz? Wobei diese in meiner Größe XL niemanden passen würden. Mental plane ich schon die nächste Auszeit.

Soll ich mir einen Rucksack kaufen?

Mit weniger durchs Leben gehen?

Was braucht der Mensch, um glücklich zu sein?

Fühle ich mich in einem Marken T-Shirt für 80 Euro zufriedener als in einem „No-Name-Shirt" für 10 Euro?

Tag 31 - 7.15 Uhr - Frankfurt am Main Airport

Das Signal zum Abschnallen ist noch nicht ertönt, aber dafür 320 verschiedene Handy-Töne. Bereits beim Bremsvorgang der Boing haben alle rund um mich herum auf ihren Handys den Flugmodus ausgeschaltet, um sofort wieder online zu sein. Warum können die nicht mal 7 Stunden ohne WhatsApp überleben?

Nach dem Aussteigen beginnt im wahrsten Sinne „das kalte Erwachen". Es hat minus 1 Grad Außentemperatur. Ich betone: es ist der dritte April!!! Ich krame aus meinen Handgepäckskoffer die Daunenjacke aus Sa Pa, die ich die letzten 4 Wochen nach einmaligem Gebrauch nutzlos mit rumgeschleppt habe. Jetzt findet diese doch noch eine sinnvolle Verwendung.

Am Gepäckband angekommen, spüre ich: Wir sind wieder in Deutschland. Ein abartiges Geschubse und hektisches Treiben! Wer hat am schnellsten seinen Koffer? Macht es einen Unterschied, ob ich diesen fünf Minuten später in Empfang nehme?
Bei den meisten Leuten denke ich, dass die gewonnene Erholung bereits am Gepäckband schon wieder hinüber ist.

Ich greife meinen Koffer, bin noch immer offline und laufe entspannt Richtung Ausgang zum Parkhaus.

Nach 31 Tagen in einem anderen Land, raus aus meinem Alltagstrott, muss ich sagen: Ich fühle, dass mein Bewusstsein neu geeicht ist.

Wochenlang danach nehme ich die Umwelt wieder mit anderen Augen wahr. Aber langsam nimmt die geistige Vermüllung wieder zu.

Egal, die nächste Auszeit kommt bestimmt 😊...!

Nur wer die Welt bereist, sieht sie differenziert.
Die einzige gefährliche Weltanschauung ist die
Weltanschauung derer, die sich die Welt nicht
angeschaut haben.

Zitat: Herrmann Scherer